바다에는 하얗고 까만 새들이

당신의 어깨에는 언제나 푸른 바다가 있어

하얗고 까만 새들이 오르내리곤 하였다.

여는 글

아름답다,

도저하다,

온연하다.

。

첫째 조카와 같이 밤 산책을 하던 밤이었습니다. 조카는 자전거를, 저는 보드를 타고 집 근처를 돌아다니다 조카가 갑자기 멈춰서더니 하늘을 가리키며 '달이 아름답다'라는 말을 하더군요. 고개를 들어 밤하늘을 쳐다보니 보름이어서 그런지 동그란 달이 구름을 끼고 있어 은은하게 달무리를 만들고 있었습니다. 하지만 저를 놀라게 한 건 그런 달이 아니라 조카의 입에서 나온 '아름답다'였습니다. '아름답다'는 '

예쁘다'와 의미가 다르고 일상에서 구어체로 흔하게 쓰는 표현은 아니니 초등학교 2학년도 안 된 조카가 '아름답다'라는 말의 의미를 온전히 이해하고 쓴 것인지, 아니면 그저 '예쁘다'라는 표현을 대신해 쓴 것인지는 알 수 없었습니다. 다만 '아름답다'라는 표현을 오랜만에 들어봐서, 그리고 표현을 조카의 입에서 듣게 돼서 살짝 놀랐습니다.

"아름다워?"

"응, 아름다워!"

저의 되물음에 조카는 그 조그마한 입술로 아름답다고 또박또박 말했습니다. 마치 잃어버렸던 말을 되찾은 듯한 기분에 달을 만지듯 조카의 머리를 쓰다듬어 주었습니다. 어쩌면 그날의 달이 제 눈에도 아름다워 보였던 건 조카의 표현 때문이었을지도 모릅니다.

○○

『외딴방』을 처음 읽었을 때 '도저한 삶, 인생은 모두를 주지도 모두를 가져가지도 않는다'*라는 문장을 보고 '도저하다'라는 말을 사전에서 찾아본 적이 있었습니다.

[도저하다 : 학식이나 생각, 기술 따위가 아주 깊다.]

'도저하다' 속 '도저(到底)'는 '도저히'의 '도저'와 같은 말이더군요. 평소 처음 들어보는 단어를 알게 될 때와 달리 굉장히 낯선 감정이 들었었습니다. 국어를 전공하여 '깔끔하다, 솔직하다'와 같은 단어가 '-히'를 통해 '깔끔히, 솔직히'로 된다는 것을 잘 알고 있었으면서도, '도저히'와 '도저하다'의 관계를 눈치채지 못하고 있었으니까요. 저에게 '도저히'는 그저 '도저히' 그 자체였습니다.

그 후로 『외딴방』을 3년 터울로 다시 읽곤 했습니다. 몇 번을 더 읽어가는 동안 정말로 삶은 도저했고 덕분에 많이 웃고, 때로는 많이 울었습니다. 그리고 그럴 때마다 저는 가만히 '도저하네.'라고 읊조려보기도 했습니다. 앞으로 몇 번을
―

* 신경숙, 『외딴방』, 문학동네, 1999

더 이 단어와 어울리는 순간을 만날지는 모르겠습니다. 다만 그럴 때마다 그 순간을 진심으로 대했으면 좋겠습니다.

°°°

어제는 가을 날씨가 참 좋아서 제가 느낀 가을을 글로 남기고 싶었습니다. 어떤 단어를 쓸지 고민하다 '온전하다'를 썼다가 '온연하다'라는 단어로 바꿔봤습니다. 두 단어를 비슷한 의미라고 생각했으니까요. 그렇게 글을 써 내려가다 문득 '온연하다'의 뜻이 제가 알고 있는 의미와 진짜로 같은지 궁금해 찾아보니 정작 사전에는 '성격이 온화하고 원만하다'라고 나오더군요. 예상치 못한 검색 결과에 애초에 이 단어를 '온전하다'와 비슷하리라 여겨왔던 저 자신이 무척 당황스러웠습니다. 아마 '완연하다'와 헷갈렸던 것 같습니다. 하지만 의도치 않게 발견한 '온연하다' 역시 표현하고 싶었던 어제의 가을과 무척 잘 어울리는 말이었습니다. '온전하다' 덕분에 이 단어를 알게 된 것도 인연이니 '이 가을' 앞에

'온전하고'와 '온연한'을 나란히 놓아 '온전하고 온연한 이 가을'이라고 써보았습니다.

◦◦◦◦

제가 가지고 있는 꿈 중 하나는 아름다움에 잘 반응하는 것입니다. 여기에 작은 욕심을 하나 더 포개어 보자면 그 아름다움을 잘 표현하고 싶은 마음입니다. 세상에는 여전히 제가 잠시 잃어버리거나, 눈치채지 못하거나, 발견하지 못한 말이 많이 있을 겁니다. 앞으로는 좋은 단어들을 흘리지 않고 대신 많이 주웠으면 좋겠습니다. 그래서 슬프거나 행복한 순간에 만난 아름다움을 제대로 표현하고 싶어도 도저하여 쉽게 글로 쓸 수 없을 때면 적절한 말들을 떠올려 그 순간의 아름다움을 온연한 문장들로 잘 표현할 수 있기를 소원해 봅니다.

여는 글_ 아름답다, 도저하다, 온연하다   7

1부_ 희(喜)를 아는 사람

‘겨울 바람’‘겨울바람’   19

제주의 양손   24

작고 작은   29

무언가를 보살피는 일   33

아빠가 입원을 했다   40

첫 월급의 순간들   57

터널의 어둠 다음에는 빛이 있다고   69

우리형   75

겨울의 일　　　　　　　　　　　　　　　　95

집의 의미　　　　　　　　　　　　　　　　97

시간의 고리　　　　　　　　　　　　　　　105

4월 목련　　　　　　　　　　　　　　　　111

반복되는 일상이 우산이 되어 준다면　　　121

2부_ 구름의 속도로 고요를 읊조리던

심심해지려고 가는 여행　　　　　　　　　127

따순 물　　　　　　　　　　　　　　　　135

무섬마을에서 울다　　　　　　　　　　　142

기억의 안부　　　　　　　　　　　　　　148

갈대와 바람만이 흐르는　　　　　　　　　155

마음 지불　　　　　　　　　　　　　　　165

내 돌 위에 포개질　　　　　　　　　　　172

감각의 소유　　　　　　　　　　　　　　177

한밤의 십자가　　　　　　　　　　　　　182

남해의 고요   185

우리는 함께 읽고 있다   191

처서(處暑)   197

나를 부르는 그 말의 방식으로   202

필요한 온도   210

내가 아는 아름다움을 다 나누고 싶은   213

3부_ 이번 겨울 당신의 첫 문장

밑줄   219

안녕의 절반   221

어른의 걱정   225

사선(斜線)   227

프리즘   231

다녀올게   235

그 여름의 향   240

이 도시의 색   242

이런 하루   248

당신이 두고 간 시선   255

오랫동안 전해오던 그 사소함으로   259

유예   267

그때 우리가 몰랐던 건   270

저것은 달처럼 크다   274

이번 겨울 당신의 첫 문장   277

시간에 낡아지지 않기를   279

닫는 글_ 조용히 안녕   285

1부

희(喜)를 아는 사람

'겨울 바람'

'겨울바람'

여행을 다니면서 쓴 글을 퇴고하기 위해 타이핑을 하던 중 '겨울 바람'에 그어진 빨간색 밑줄을 본다. 띄어쓰기가 틀렸나? '겨울'과 '바람' 사이에 빈틈을 없애보니 그제야 빨간 줄이 사라진다. 혹시나 해서 표준국어대사전에 검색하자 '겨울바람'이라는 단어가 나온다.

[겨울바람 : 겨울에 부는 찬 바람]

호기심에 계절별 바람을 다 검색해 본다. '봄바람', '가을 바람'과는 달리 '여름바람'은 사전에 나오지 않는 걸 보니 '여름'과 '바람'이 만난 '여름 바람'이란 표현은 아직 단어로 인정되지 않았나 보다.

국어 교사인 나에게도 띄어쓰기는 쉽지 않다. 특히 '겨울바람'처럼 두 단어인 줄 알았지만 한 단어인 경우나 반대로 한 단어인 줄 알았던 단어가 알고 보니 두 단어인 경우는 여전히 많이 헷갈린다. '우리형'의 경우 '우리 형'이라고 띄어 써야 하지만 '우리형'이라는 말을 자주 쓰고 핸드폰에도 '우리형'이라고 저장한 나에게 '우리'와 '형'을 띄어 쓰는 건 너무나 어색하다. 그렇게 쓰면 꼭 남의 형 같다.

'겨울바람'처럼 두 단어가 각자의 의미를 유지한 채 그대로 단어가 되는 기준은 결합의 빈도이다. 두 단어가 서로 잘 어울려 오랜 시간 동안 자주 만나 쓰이면 한 단어로 인정받아 두 단어를 띄어 쓰지 않아도 된다. 다만 그 빈도의 기준이 정해져 있지는 않다. '겨울'과 '바람'은 긴 세월 동안 수없이 만나 어느 순간 '겨울바람'이 되었다.

마치 사람 사이 같다. 어색하게 띄어있는 어깨와 어깨 사이의 거리를 좁히기 위해서 두 마음은 얼마나 마주쳐야 할까? 단어가 그랬듯 마음이 서로 어울려 자주 만날 때 두 어깨는 두 뼘에서 한 뼘으로, 그러다 틈 없이 맞닿게 된다. 자연스레 둘 사이에 누구도 끼어들 수 없는 하나가 된 것이다. 여기에 '겨울바람'처럼 서로가 각자 지닌 의미를 잃지 않은 채 하나가 된 거라면 더할 나위가 없을 테다. 물론 그런 사이를 만나는 건 쉽지 않다. 그래서 그런 관계에는 '인연'이란 특별한 이름이 붙는다.

글을 계속 수정하다가 이번에는 '지난 겨울'에서 멈춰 선다. 여기에도 뜬 빨간 밑줄을 팔짱을 끼고 가만히 바라본다. '지난'과 '겨울'은 또 얼마나 오랫동안 함께 쓰여 한 단어가 되었을까? '너에게 쓴 마음이 / 벌써 길이 되었다 / 길 위에서 신발 하나 먼저 다 닳았다'*라는 시구가 떠오른다. 원고지로는 겨우 한 칸, 노트에서 일 센티도 안 되는 거리의 담을 없애기 위해 두 단어는 몇 켤레의 신발이 다 닳도록 서로를 오갔을 것이다. 마우스 커서를 '겨울' 앞으로 옮긴다.

---

* 천양희, 「너에게 쓴다」, 『그리움은 돌아갈 자리가 없다』, 작가정신, 1998

두 단어가 어서 자신들을 붙여 달라는 듯 연신 포인터를 깜빡이고 있다. 손가락으로 백스페이스키를 누르자 '지난겨울'에 빨간 줄이 사라진다. 괜히 내 어깨도 간지러워진다.

제주의
양손

두 손에 무엇을 쥐고 싶은지 고민이 들면 제주에 가야 한
다.

제주는 어느 방향의 끝을 가든 파도 소리를 들을 수 있다.
서쪽에서 동쪽으로, 북쪽에서 남쪽으로 혹은 그 반대로 달
려가도 길의 끝에는 바다가 기다려주고 있다. 파도 소리를
많이 듣다 보니 어딜 가나 파도 소리가 들리는 듯하다. 구

름이 하늘을 '쏴아아'하고 천천히 쓰다듬으며 지나가는 듯하고, 멀리 하늘에서 내려온 눈도 한라산의 정상을 만날 때에는 '철썩'하고 쌓였을 듯하다. 귤이 익어갈 때도 조용히 귀를 기울이면 어쩌면 파도 소리가 들리지 않을까? 제주는 왠지 그럴 것 같다.

제주의 바다를 눈으로 보려면 낮에 가야지만 귀로 담으려면 밤에 찾아가야 한다. 파도 소리를 제대로 들으려면 온전한 고요가 필요하기 때문이다. 파도 소리가 멜로디라면 고요는 코드다. 고요의 코드 위에 파도의 멜로디가 얹어질 때 육지에서 온 손님은 바다의 노래를 온전히 들을 수 있다. 숙소를 바닷가 근처로 잡은 이유도 바다를 보기 위해서가 아니라 바다를 듣기 위해서다. 너무 많이 걷지도, 저녁 술을 많이 먹지도 않고 잠자리에 들면 잠들기 전까지 파도 소리를 만끽할 수 있다. 그러면 제주는 우리가 잠이 들 때까지 지치지 않고 노래를 들려준다. 마치 그러기 위해 생겨난 것처럼, 부모처럼 그렇게.

고개를 조금만 돌리면 이번에는 오르내리는 곡선도 볼 수 있다. 멀리는 한라산이, 가까이에는 오름들이 그 선을 채우고 있다. 오름은 높지 않아서 좋다. 등산하자는 말을 들으면 대답을 꺼릴 사람도 '오름 오를까?'라는 말을 들을 땐 '오름쯤은!'하고 생각할 것이다. 더구나 작은 오름부터 새별오름 같은 큰 오름까지 자신에 맞게 선택할 수도 있으니 부담은 더 적어진다. 이처럼 오름은 사람들에게 허용적이다. 품고 있는 것이 많으면서도 까탈스럽지 않다. 오름 앞에 서면 오름은 우리에게 '맘껏 올라와서 내가 가진 것들을 보렴' 혹은 '나를 올라 멀리 있는 아름다움들을 한번 봐 보렴' 같은 말들을 건네는 듯하다. 제주의 옛 돌담들이 낮은 이유도 절처럼 폐쇄적이지 않은 오름을 닮아서인지도 모른다. 오름이 제주에만 있는 이유는 오름과 제주가 서로를 품고 있어서다.

파도 소리와 오름, 이 두 가지를 한 번에 즐기는 방법은 바다가 보이는 오름에 오르는 것이다. 그곳에서 오름의 곡선을 따라가다 보면 길고 긴 수평선을 볼 수 있다. 그럼 마치 바람 소리가 파도 소리 같고 바람에 흔들리는 억새는 파도처럼 보인다. 제주는 이렇듯 한 손에는 파도 소리를, 다른 한 손에는 오름을 쥐고 있다. 제주에 온 사람들은 제주의 양

손에서 쉽게 이 두 가지를 읽어 갈 수 있다.

　멀리 바다가 보이는 오름에 올라 생각한다.

　'나의 두 손에는 무엇이 쥐어져 있을까?'

　사람들은 나의 왼쪽에서 오른쪽으로, 반대로 오른쪽에서 왼쪽으로 고개를 돌릴 때마다 무엇을 읽어갈지 궁금해진다. 그게 무엇이든 다만 복잡하지 않게, 제주처럼 쉽게 읽히는 사람이기를 바랄 뿐이다.

작고 작은

　작고 사소한 순간을 사랑한다. 한 모임에서 앞 사람이 케이크 가루를 흘리고 당황해할 때 그 옆에 있던 사람이 휴지를 꺼내 조용히 닦아주는 모습을 보았다. 감사한 마음을 담은 눈인사와 목례로 그 인사를 받아주는 모습을 보며 그날 하루를 조금 더 사랑할 수 있었다. 반대로 남의 책을 함부로 만지는 모습에 인상이 찌푸려지기도 한다. 예민하다는 말을 괜히 듣는 게 아닌 듯하지만 그런 예민함이 사소함으로 인한 거라면 어쩔 수 없다. 나의 세상은 이런 사소함으로 이루어져 있다.

'나의 생활을 구성하는 모든 작고 아름다운 것들을 사랑한다.'*

피천득의 문장들은 모두 작고 아름답다. 하지만 작은 돌 하나가 호수의 파장을 일으키듯 그의 글들이 오랫동안 많은 이에게 준 큰 울림을 보면 그의 문장이 결코 작지 않다는 걸 알 수 있다.

어렸을 적 큰아버지께서 나를 보고 샌님 같다고 한 적이 있었다. 무슨 뜻이냐고 물어보자 그저 웃으시며 '얌전하니 작고 작아'라고 하실 뿐이었다. 뒤늦게 단어의 뜻을 알고 큰아버지께 따지고도 싶었지만 해가 지날수록 선명해지는 건 나를 보며 사랑스럽게 웃으시던 그분의 미소였다. 그리고 정말 따지고 보면 틀린 말도 아니다. 여전히 나는 세상

---

* 피천득, 「나의 사랑하는 생활」, 『인연』, 민음사, 2018

에 작고 작은 걸음을 내딛는 사람이다. 누군가는 답답해하고 또 누군가는 느리다고도 하지만 그런 걸음을 걸으며 지켜본 삶의 사소한 풍경들을 사진으로, 또 어떨 때는 이렇게 작은 글로 남기고 싶다. 그리고 나를 지나가는 이들도 거창한 육교보다는 천변의 돌다리를 걷듯 내 위를 사뿐사뿐 지나가 주었으면 한다.

　하루를 시작하자마자 오늘을 온전히 사랑할 수 있겠다는 마음이 들었던 날이 있었다. 이제 갓 시작한 하루를 그렇게 여길 수 있게 해준 건 출근길에 아름답게 떨어지던 오동나무 잎과 며칠 전 도와준 작은 일의 보답으로 내 책상에 나보다 먼저 도착해 있던 커피 한 잔이었다. 귓속에 있는 이석이 몸의 균형을 유지해 준다고 한다. 그 작은 돌 하나가 자기 자리를 지키지 않고 흔들리면 우리 몸이 어지러움을 느낀다고 하니 신기할 따름이다. 그날 오동나무 잎과 커피 한 잔은 내 하루를 흔들리지 않게 해준 이석이었다.

무언가를

보살피는 일

자주 가는 서점에서 『식물적 낙관』을 읽다 집에 가고 싶어졌다. 식물을 대하는 작가의 마음을 엿볼 때마다 집에 있는 앵두나무가 마음에 걸렸다. 작년 여름 집들이 선물로 동생에게 받은 앵두나무가 올해는 열매는커녕 제대로 꽃도 피우지 못했다. 앵두나무 사진을 본 동생에게 지금까지 분갈이와 가지치기를 안 해주고 뭐 했느냐는 타박을 받고도 관리를 미루다 보니 앵두나무의 많은 잎끝이 노래져 있었다.

'돌아오지 않더라도, 얻는 것이 없더라도 끝까지 애쓰면서 아주 천천히 손에서 떠나보낼 수밖에 없는 것, 그 역시 우리가 아는 사랑의 일면이니까.'*

더 이상 앉아 있을 수가 없어 책을 덮고 집으로 향했다. 하루에도 몇 번씩 부스러지는 내 마음 하나도 살피기 어려웠다는 일방적인 무책임으로 앵두나무를 떠나보낼 수는 없었다. 끝까지 애쓰지 않았으면서 저 문장에 나를 포개려는 건 거짓된 마음이었다.

앵두나무와 빈 화분을 챙겨 분갈이를 해주는 꽃집을 찾아갔다. 문을 열고 들어가자 다양한 식물들이 해가 잘 드는 창가에, 그늘이 있는 안쪽에, 별도로 설치된 식물등 아래에 자

—

* 김금희, 『식물적 낙관』, 문학동네, 2023

리를 잡고 각자의 삶을 살고 있었다. 홀로 시들어 있는 나의 나무에게 더 미안해졌다. 열매를 맺었을 때 데려온 앵두나무가 올해는 꽃도, 열매도 피지 못했다고, 사실은 1년이 넘도록 분갈이 한 번을 못 해줬다고, 마치 더 혼나기 전에 알아서 잘못을 털어놓는 학생처럼 묻지도 않은 말을 꺼내 놓았다. 사장님은 꽃을 피우거나 열매를 맺는 식물일수록 더 많은 영양이 필요해 분갈이를 주기적으로 해주거나 영양제를 줘야 한다고 말씀하셨다. 아니나 다를까 화분에서 조심스레 앵두나무를 꺼내자 푸석한 흙이 쏟아졌고 더 이상 뻗을 곳이 없는 뿌리들은 이리저리 휘어있었다. 목마르고 답답했겠구나. 물만큼은 꾸준히 잘 줘왔다고 여겨온 나 자신이 창피해졌다.

　더 큰 화분에 분갈이하는 동안 이제는 비워진 화분과 함께 가져온 빈 화분에 담아갈 식물을 고르기 위해 꽃집을 둘러보았다. 마음 같아서는 많이 데려가고 싶었지만 이미 지난날의 과오를 잘 알고 있어 욕심을 부릴 수 없었다. 사실 과오를 생각하면 아무도 데려가지 않는 게 맞겠지만 『식물적 낙관』을 읽으며 얻은 용기로 무늬마란타와 하월시아를 담아가기로 했다.

분갈이가 끝나고 같은 잘못을 반복하지 않기 위해 사장님께 주의점을 꼼꼼히 물었다. 주기적으로 영양제를 주거나 분갈이해 주기, 볕이 잘 드는 곳과 그늘진 곳에 식물을 알맞게 놓기, 물은 화분의 흙 속에 손가락을 넣어 마른 느낌이 나면 주기. 사장님은 지금 한번 손가락을 넣어 앞으로 내가 느껴야 할 감각을 알아보라 하셨다. 흙에 손가락을 넣자 앵두나무의 세상을 어렴풋이 느낄 수 있었다. 일 년을 같은 집에서 함께 살았으면서도 앵두나무의 방을 처음 구경하는 기분이었다.

집에 돌아와 화분을 적절한 위치에 놓자 식물들이 내 집을 마음에 들어 할지 궁금했다. 나는 여전히 식물에 서툰 사람. 무늬마란타와 하월시아가 옛집을 그리워하고 있을지, 전문가의 손길을 잠시나마 느낀 앵두나무가 혹시 계속 꽃집에 있고 싶어 한 건 아닌지 알고 싶어졌다. 이에 대한 대답이라도 해주듯 일주일이 지나자 앵두나무는 꽃 하나를 피웠고, 그 한 송이를 시작으로 다른 한 송이도 얼굴을 비추기 시작했다. 더 피었을 꽃을 기대하며 아침에 일어나면 앵두나무부터 살펴봤고 퇴근 후 돌아와서는 흙 속에 조심스럽게 손가락을 넣어 보곤 했다. 고맙게도 보름 후에는 한두 송이의 꽃이 가지마다 걸려 있었다. 앵두나무는 그 좁은 화분과 영양도 떨어진 흙 속에서 꽃을 피울 날을 기다리며 견디고 있었나 보다. 예정대로라면 열매를 맺고 있어야 했을 시기다. 처서가 지났으니 곧 가을이 올 텐데, 겨우 꽃을 피운 이 작은 나무가 혹시나 낯선 계절에 열매를 맺게 되면 힘들지 않을까 하는 걱정이 들었다.

작은 꽃들을 바라보다 앵두나무가 이렇게 작은 것도 있냐며 신기해한 사장님이 떠올라 정확한 이름을 알고 싶어 휴대폰으로 앵두나무를 검색해 보았다. 커다란 앵두나무의 사진들 사이로 집에서 키우는 작은 앵두나무가 보였다. 옥천앵두나무, 나무의 온전한 이름을 일 년이 지나서야 겨우 알았다. 사진 밑에는 옥천앵두나무의 꽃말도 적혀 있었다.

'너 자신을 사랑하라.'

마음 한편이 저릿해졌다. 너는 너를 사랑해서 꽃 피우기를 포기하지 않았구나. 조심스럽게 잎을 쓰다듬었다. 여전히 많은 잎이 누런빛을 띠고 있었다.

'그걸 발견한 날 나는 어쩐지 상한 것이 산세비에리아만은 아니라는 자괴감에 휩싸였다. 어떻게 보면 나 자신도 다를 바 없지 않을까 하는.'**

여전히 푸석한 마음으로 쉽게 부스러지는 나에게 새끼손톱보다 작은 꽃을 피워낸 앵두나무가 말을 건네는 듯했다. 꽃을 언제 피우는지보다 더 중요한 건 어떻게든 꽃을 피우는 거라고, 그러니 견디며 살아보자고, 조금 더 자신을 사랑하자고.

무언가를 보살피는 건 결국 보살핌을 받는 일이었다. 흙 속에 손가락을 가만히 넣어 보자 남아 있는 수분과 가는 흙이 손가락을 간지럽혔다. 앵두나무의 뿌리 하나가 손가락을 타고 내 안의 수분을 확인하는 듯했다.

—

** 김금희, 『식물적 낙관』, 문학동네, 2023

아빠가 입원을 했다

아빠가 입원을 했다. 백내장 수술을 하신 후부터 안약을 자주 넣곤 하셨는데 지난밤 새벽에 주무시다 깨서 습관적으로 안약을 넣다가 모르고 후시딘을, 아니 어쩌다 후시딘을 넣었는지 모르겠지만 정말로 후시딘을 눈에 넣었다는 거다. 끈적거리는 눈을 세게 비비다가 각막이 찢어졌다는 말을 듣고 나는 웃어야 할지 말아야 할지 고민했다. 엄마가 아빠에게 자주 쓰는 '말꾸'라는 단어가 떠올랐다. 엄마가 그 표현을 아빠에게 쓰는 걸 좋아하지는 않았지만 이번만큼은 그 표현이 참 적절했다. 이번에는 정말 말꾸짓을 크게 하셨다.

다음 날 오후, 일을 정리하고 전주로 내려갔다. 모교 대학병원의 지하 주차장에 주차를 하고 병원 본동으로 올라가 보니 나와 교대를 하기로 했던 엄마가 밖에 나와 계셨다. 저녁을 먹지 않고 바로 와서 잠시 편의점에 들러 라면이라도 먹고 가겠다고 말하자 엄마는 살짝 당황해하시더니 아직도 밥을 먹지 않았냐며 아빠도 1층에 나와 있으니 다 같이 편의점에 가자고 하셨다. 순간 나도 모르게 짜증이 났다. 어차피 엄마랑 교대하면 알아서 올라갈 건데 뭐 하러 수술까지 하신 분이 밖에 나와 있냐며, 더구나 이 추운 날 편의점까지 따라가냐고, 아빠를 도로 올려보내라고 했다. 안에서 기다리다 엄마와 내가 들어오지 않자 밖으로 나온 아빠는 자기도 편의점에 따라가겠다고 하셨다. 두 분이 라면 먹는 걸 지켜보면 소화가 안 될 거 같다고 말했지만 끝내 부모님은 두어 걸음 떨어진 채로 나를 따라오셨다. 코로나 때문에 편의점에서 음식을 먹을 수 없어 편의점 도시락을 하나 집어 다시 휴게실이 있는 병원 본동으로 향했다. 맨날 먹는 편의점 도시락을 전주까지 와서 먹냐며 나가서 밥을 먹고 오자는 아빠의 말에 나는 "됐어"라는 짧은 말로 일축했다. 여기에 엄마의 "뭐더러 이 늦은 시간에 전주까지 왔냐", "이 추운 날 병원에서 잘 수 있것냐"라는 말까지 듣자 다시 짜증이 났다.

"이미 왔는디 뭐 더러 그런 말을 혀, 나 안 왔으면 엄마가 잤을 거 아녀? 엄마는 안 춥간?"

"히터 나오니 안 춥지."

"엄마가 안 추운디 내가 춥것어?"

엄마를 배웅하고 아빠와 함께 병원 안에 있는 휴게실로 들어갔다. 전자레인지에 도시락을 돌리며 세상에 무슨 후시딘을 눈에 넣었냐고 면박을 주자 아빠는 이리저리 핑계를 대며 말을 돌리셨다. 아빠는 어제 응급실까지 갔다 고생했던 이야기를 하고 나는 계속 타박을 주는, 서로가 하고 싶은 말만 하는 대화가 밥 먹는 동안 계속 이어졌다. 늦은 시간이어서 우리는 바로 잠잘 준비를 했다. 병원 안은 반팔을 입어도 될 만큼 따뜻했다. 대체 엄마는 무얼 걱정한 건지, 이런 생각을 하며 몸을 뒤척이던 중 엄마한테서 문자가 왔다.

'엄마 잘 도착했어.'

병원의 아침은 일찍 시작했다.

간호사분들이 들어와 이리저리 약을 챙겨주는 소리에 깨어 시계를 보니 다섯 시 반이었다. 나만 비몽사몽이었을 뿐 다들 이 시간이 익숙한 듯 아무렇지 않게 움직이고 있었다. 다시 잠이 들었다가 이번에는 아침밥이 오는 소리에 깼다. 일곱 시였다. 식전 약은 챙겨 먹었는지 여쭤보고 아빠가 아침밥을 먹는 걸 도와드렸다. 아빠는 카드를 주시며 내가 먹을 걸 사 오라 하셨지만 이미 10년 넘게 아침밥을 챙겨 먹지 않는 나는 무얼 먹을 속도, 정신도 아니었다.

하루가 일찍 시작한 만큼 오전 진료도 빨랐다. 밥을 먹자마자 환자를 부르는 인터폰에 따라 우리는 2층에 있는 진료실로 향했다. 위치를 안다며 앞서 걸어가는 아빠를 따라가는 동안 자꾸 웃음이 나왔다. 아빠의 걸음이 이제 다섯 살 먹은 조카의 걸음과 비슷했기 때문이다. 사실 눈 수술 전부터 아버지의 말과 행동들은 조금씩 느려져 있었다. 아빠는 트럭 운전을 하시던, 소위 터프한 늑대 같은 분이셨다. 트럭 운전을 그만두시고 엄마와 함께 김밥집을 하던 어느 날, 아빠는 오토바이로 배달을 하다 뒤차에 치여 차 보닛 위로 떨어지는 사고를 당하셨다. 뇌출혈로 의식이 없던 아빠는 3개월 후 기적처럼 깨어나셨지만 아빠는 예전의 아빠가 아니었다. 전두엽을 다쳐 감정 통제를 잘하시지 못해 터프한 늑대는 화를 잘 내는 늑대가 되어버렸고 약물 치료를 시작하면서부터는 온순한 늑대가 되셨다. 온순한 늑대는 더 이상 늑대가 아니었다. 사람이 흙에서 태어나 흙으로 돌아가는 존재라면 어쩌면 아이로 태어난 사람이 다시 아이로 돌아가는 과정도 그 안에 포함되어 있을 것이다.

"의사들도 참 피곤하것어."

이런저런 이야기를 하며 안과 진료실 앞에 도착하자 아니나 다를까 지나가는 의사들의 얼굴에 피로가 가득해 보였다. 아빠의 성함을 말씀드리고 의자에 앉아 순서를 기다렸다.

"의사 쌤도 아빠가 눈에 후시딘 넣은 거 알아?"

"아, 말했지."

"진짜로?"

"아, 그게 문제가 아니라 각막이, 각막이 찢어진 게 말썽이제."

말을 또 돌리는 아빠를 보고 피식 웃었다. 이미 아빠와 같이 응급실에 갔었던 형을 통해 아빠가 차마 창피해서 의사 선생님께 후시딘을 넣은 사실을 말하지 않았다는 걸 알고 있었다.

다행히 눈 수술은 잘 되었고 수술로 인해 눈 안에 차 있는 가스가 시간이 지나 잘 빠지기만 기다리면 된다는 의사 선생님의 말씀에 아빠는 답답함을 호소했다. 의사 선생님은 가스가 천천히 빠지는 게 눈을 보호하는 데에 더 좋으니 조금만 참으시라고 아빠를 달래셨다. 아빠가 또 아이처럼 보였다.

병원의 하루는 단조로웠다.

친한 친구와도 온종일 있으면 이야깃거리가 떨어질 텐데 아빠랑 있으니 오죽할까. 아빠와 이런저런 이야기를 하다 결국 가방에서 책을 꺼내 읽기 시작했다. 하지만 병실의 침대와 침대 사이에는 고작 커튼 하나로 가려져 있어 옆 침대에서 하는 말이 다 들렸다. 옆 침실에는 아빠와 마찬가지로 눈을 다친 아저씨가 누워 있었고 아내로 보이는 아주머니가 보호자로 계셨다. 두 분의 대화가 길어지자 아빠가 알은 채를 하셨다. 아마 내가 오기 전에 두 분이 한 대화를 들었었나 보다. 차 사고가 났는데 상대가 보상을 형편없이 해줬다는 이야기를 아버지는 목소리를 죽인 채 나에게 전해주었다. 자동차는 우리 집 남자들이 공통으로 좋아하는 대상이다. 어느새 나도 책의 글씨보다 옆 침대의 대화에 관심이 더 가고 있었지만 내 귀에 자꾸 걸리는 건 대화 내용보다 두 분이 쓰시는 억양과 어미, 그리고 단어들이었다.

내게 너무 익숙한 저 전라도 사투리. 끝이 살짝 길어지는 억양과 'ㅓ/ㅏ' 대신 'ㅕ/ㅑ/ㅣ'로 끝나거나 때로는 받침에 'ㅇ'이 걸쳐 있는 어미와 '시방'과 같이 타지에서는 잘 쓰지 않는 단어들이 귓가에 쉴 새 없이 들렸다. 전주를 떠나 충청도에서 산 지 어느새 십 년. 주위의 모든 사람이 전라도 사투리를 쓰는 상황이 조금씩 낯설어지고 있었다. 그러고 보니 아빠가 아침밥을 먹고 있을 때 환자를 부르는 인터폰을 받았던 한 아저씨도 이렇게 말했었다.

"아침밥 인제 나왔는디 진료 이거 다 먹고 가면 안 되는 거여? 시방 겨우 한 숟갈 떴는디잉."

이런 생각들에 웃음을 짓자 아빠는 눈을 똥그랗게 뜨고 나를 쳐다봤다.

"아니, 사람들이 다 사투리를 쓰잖아."

"니는 안 쓰는 줄 아냐?"

그 말에 아빠와 나는 동시에 웃었다. 맞다. 자리가 편안해지면 나는 또래치고 사투리를 자주 쓰고 '거시기'도 일상용어처럼 사용하곤 한다. 내 사투리를 신기한 듯 쳐다보는 시선들이 이곳에는 없었다. 낯설어지는 이 정겨운 말들을 실컷 쓰고 가리라. 여기는 내 고향, 내 언어를 길러준 곳이니까.

책을 읽다 보니 아빠는 의사 선생님의 권유대로 몸을 왼쪽으로 돌린 채 주무시고 계셨다. 아빠의 머리에는 이제 검은 머리보다 흰머리가 훨씬 많았다. 예전에는 염색도 종종 하셨지만 오토바이 사고 이후에는 머리에 화학 약품을 바르는 걸 꺼리시다 보니 어느새 백발이 되셨다. 우리 집안은 머리숱이 많은 집안이지만 세월은 이길 수가 없는지 아빠의 머리숱이 내 기억보다 적었다. 이틀 동안 머리를 못 감아 기름져 있는 아빠의 머리를 쓰다듬었다. 언젠가 아빠도 자고 있는 나의 머리를 쓰다듬었을 때가 있었을 것이다.

뭐라 해야 할까? 애잔하다고 해야 할지. 국어를 가르치고 있으면서도 무언가 자꾸 안쓰러운 이 기분에 적절한 단어를 떠올리지 못했다. 중환자실에서 3개월 만에 깨어난 아빠는 재활 치료 시간 이외에는 TV만 보며 시간을 보내셨다. 병실에서 아빠와 함께 지내며 아빠에게 취미가 없다는 사실을 처음 알았다. 25살에 형을 낳아 아버지가 되어야 했던 아빠의 온 관심사는 우리를 키우는 것, 그러기 위해 돈을 버는 것이 전부였다. 아빠가 유일하게 관심 있어 하는 자동차도 어쩌면 시내버스, 학원버스, 트럭 등을 운전하시며 자연스럽게 갖게 된 흥미일지도 모른다. 아빠의 전부였던 형과 나는 이제 다 컸고 아빠는 운전사를 오래전에 그만두셨다. 전주에 갈 때마다 아빠를 보고 있으면 가끔 아빠는 시간을 보내고 있는 게 아니라 시간 안에서 허우적거리는 것처럼 보이기도 했었다. 이번에도 아빠는 딱히 하시는 게 없었고 더구나 여기는 안과 병실이라 TV도 있지 않았다. 아빠의 20대를 형과 내가 아버지라는 삶과 맞바꾸게 한 것 아닌지, 정작 형과 나는 이제 아빠를 삶의 전부라고 생각하지 않는데. 죄송한 마음이 들었지만 두 조카의 아버지가 된 형을 보고 있으면 이는 어쩔 수 없는 부모와 자식의 관계 같았다. 아빠의 머리를 쓰다듬으며 책을 읽고 있는데 아빠가 눈을 뜨셨다.

"아빠, 산책하러 갈래?"

잠에서 덜 깨셨는지 아빠는 아이처럼 가만히 고개를 끄덕이기만 하셨다.

산책을 끝내고 낮잠을 자고 있을 때 엄마에게 영상 통화가 왔다. 하지만 막상 받아보니 어린 두 조카가 서로 카메라에 나오려고 머리를 들이밀고 있었다.

"할아버지!"

어린 생명의 소리가 조용한 병실 안에 가득 울려 퍼졌다. 소리를 급하게 줄였다. 첫째 조카는 이제 제법 똑 부러지게 할아버지의 안부를 물었고 둘째 조카의 말은 여전히 알아듣기 어려웠다. 옆에서 조카의 할머니, 그러니까 우리 엄마가 둘째 조카의 말을 대신 해석해 주었다. 엄마는 신기하게도 조카들의 언어 세계를 다 알고 계셨다.

다른 환자들에게 피해가 될까 봐 어서 할머니를 바꿔 달라고 한 뒤 엄마에게 아빠가 병실에서 지내는 동안 필요한 물건들을 말했다. 가만히 내 말을 듣고 있던 엄마가 화면 너머의 아빠를 보며 한마디 던지셨다.

"좋것수, 응? 아들내미하고 하루 종일 붙어 있응게."

아들만 둘 있는 집안에서 엄마는 유일하게 다른 성(性)과 성(氏)을 가진 사람이었다. 목욕탕을 갈 때마다 형과 내가 아빠를 따라 또르르 들어갔다가 또르르 같이 나오는 걸 부러워하시던 엄마는 이번에도 무언가 서운한 말투였다.

"나 내일 다시 올라가. 아침밥이랑 오전 진료받는 것까지만 보고 갈게요."

엄마는 가게 문을 닫고 저녁이나 올 텐데. 아빠의 눈 상태보다 혼자 시간을 견뎌내실 아빠의 하루가 더 걱정되었다.

저녁밥이 나왔다.

"아따, 하는 것 없이 밥만 먹는구만."

아빠는 나에게 당신의 카드를 주시며 좀 배부르게 이것저것 사 와서 저녁을 먹으라고 하셨다. 나는 헛웃음을 지으며 아빠 카드를 받았다. 아빠는 지금 무직이다. 화를 잘 내는 늑대가 된 아빠는 손님들에게도 툭하면 화를 내셨고 덕분에 가게의 손님은 반토막이 났었다. 엄마는 그 길로 김밥집을 접으실 수밖에 없었고 몇 년 전부터 삼촌과 함께 닭강정 가게를 시작하셨다. 아빠는 엄마 가게와 형 가게에서 잠깐씩 일을 도우며 월급을 받는 중이었다. 결국 엄마와 형이 주는 월급과 내가 주는 용돈이 아빠의 수입이니 아빠가 돈을 쓴다는 건 가족의 돈을 쓰는 것과 다를 바가 없었다.

　가장과 운전. 평생 운전을 하시며 우리를 키운 아빠에게 이 두 가지는 하나와 같았다. 자식이 전부인 사람에게 이 둘은 자신의 존재 가치이기도 했을 것이다. 그런 아빠가 지금은 운전을 업으로 하지도 밖에서 돈을 벌어 오지도 않고 계시다. 나는 아직 아버지란 존재가 아니므로 아빠의 심정을 다 알 수 없지만 그래도 이 두 가지는 지켜드리고 싶은 마음이다. 가끔 내 차 조수석에 앉아 깜빡이를 켜라는 둥 '오바홀'을 크게 돌리라는 둥 이런 잔소리를 늘어놓으실 때마다 아빠의 말에 토를 달지 않는 것, 비싸지 않은 밥값을 아빠가 계산하겠다고 말씀하실 때마다 못 이기는 척 계산대에서 자리를 비키는 것이 내가 아빠를 예전의 아빠로 만들어 주는 유일한 방법이다.

비싼 거만 사 먹을 거라며 아빠에게 으름장을 놓고 지하로 내려가 편의점에 들러 아빠 말대로 이것저것을 골랐다. 그리고 몇 개는 아빠 카드로 또 몇 개는 내 카드로 계산을 했다.

아빠를 따라 낮잠을 많이 자서 그런지 저녁잠이 오지 않았다. 낮에 주무시고도 여전히 잘만 자는 아빠를 신기해하며 외투를 걸치고 잠시 병실 건물 밖으로 나가보았다. 대학병원은 모교 바로 옆에 있다. 모교도 모교지만 대학병원 앞도 나에겐 익숙한 곳이다. 이 근처의 독서실에서 1년간 공부를 하기도 했었고 임용 준비 시절에 사랑했던 사람이 여기에서 멀지 않은 곳에 살아 줄곧 집에까지 데려다주던 길이기도 했다.

'아빠 덕분에 오랜만에 여길 다 와 보네.'

독서실은 사라지고 없었다. 그 사람의 집은 그대로일까? 기억 속 그 집을 찾아가 볼까도 했지만 아빠를 혼자 두고 오래 자리를 비울 수는 없었다. 거동이 불편하시진 않았지만 이 밤에 내가 자리에 없는 걸 알면 걱정하실 게 분명했다. 그리고 충분히 그리워했던 시절을 다시 그립게 만들고 싶지는 않았다.

병실에 돌아와 보니 아빠는 여전히 주무시고 계셨고 왼쪽으로 누워 자는 바람에 왼손이 침대 밖으로 삐져나와 있었다. 아빠의 손가락 사이로 검지를 넣어 보았다. 아빠가 잠결에 내 검지를 살포시 쥐셨다. 조카가 지금보다 더 어렸을 때 내가 검지를 손바닥에 놓으면 조카는 그 작은 손가락들로 내 검지를 쥐곤 했었다. 조카의 작은 손과 달리, 또 오랫동안 펜만 잡아 온 여린 내 손과 달리 아빠의 손은 크고 투박하며 무언가에 긁힌 자국들이 많았다. 아빠의 손가락들을 내 엄지로 쓰다듬어 봤다. 손목에는 내가 사드린 시계가 채워져 있었다. 대학생 때 아르바이트를 하며 사드린 내의 세트를 아빠가 헤질 때까지 입었었다고 했던 엄마의 말이 떠올랐다.

문득 먼 훗날 이 순간을 오래도록 그리워할 것 같았다. 다시 모교의 병원 주위를 지나는 날이 오면 스물다섯 살 언저리의 그날들 위로 오늘이 겹쳐 슬퍼질 거란 예감과 어쩌면 아빠와 같은 손을 갖게 되는 때가 오면 이날을 떠올리며 우는 어느 긴 밤이 있을 거란 예감이.

아빠는 여전히 왼쪽으로 나를 향해 아이처럼 웅크리고 있었고 일찍 시작하는 병원의 하루를 생각하며 나도 아빠를 향해 누워 눈을 감았다.

첫 월급의 순간들

나의 첫 월급은 중학교 1학년 때였다. 사실 이걸 월급이
라고 할 수 있을지 모르겠지만 세 살 터울의 형과 함께 다달
이 신문을 돌리고 받은 노동의 대가였으니 월급이라고 해
도 될 듯하다. 월급을 받은 날이면 형과 나는 집으로 돌아가
는 길에 일찍 문을 연 슈퍼마켓에 들려 이것저것을 사 먹었

던 기억이 난다. 그 새벽, 한참 일을 하고 돌아가는 길이었으니 무엇이 맛이 없었을까. 그런 날이면 기분이 좋아 남은 신문을 가게 주인분께 드리기도 했고 괜히 주차된 차의 와이퍼에 신문을 끼워 주곤 했었다.

돈 관리는 형이 했으므로 우리가 얼마를 받았는지는 알 수 없었다. 그때 나는 너무 어려 그런 것보다도 월급날에 형이 사줄 프라모델에만 관심이 있었다. 하지만 지금 생각해 보면 내게 주어진 대가가 너무 적어 일종의 노동 착취가 아니었나 싶다. 성인이 된 후 한 번은 이 문제에 대해 형에게 따진 적이 있었지만 형은 자기도 그때는 학생이어서 똑같은 신문을 돌려도 어른들에 비해 적은 돈을 받은 피해자였다며 억울한 표정을 지을 뿐이었다. 하지만 아무리 생각해 봐도 형이 훨씬 더 많이 가져간 것은 분명해 보였다. 하청은 형제 사이에도 있었다.

몇 번의 계절 동안 신문 배달을 하며 번 돈으로 우리는 부모님의 생일 선물이나 가지고 싶던 것들을 샀었다. 그때는 우리가 번 돈으로 부모님께 무언가를 사드리면 부모님도 좋아하실 거라고 여겼었지만 그 새벽 두 아들이 나가는 소리를 듣고도 말릴 수 없었던 부모님의 마음을 헤아려보면 그렇게 좋지만은 않으셨을 것 같다.

　나 홀로 아르바이트를 해서 받은 첫 월급은 수능이 끝난 이후였다. 우체국에서 일하던 나는 집배원분들이 우체통에서 편지를 수거해와 큰 테이블에 쏟아부으면 그것들을 집어 들고 책장 앞에 서서 동 이름이 쓰여있는 칸에 편지를 분류하여 넣는 일을 맡았다. 편지를 분류하는 일은 신문 배달과 비슷해서 며칠은 속도가 느렸지만 칸들의 위치가 외워지자 나의 분류 속도는 같이 일하던 공익근무 요원 형들과 금방 비슷해졌다. 경력직 신입이 들어왔다고 좋아하던 형들에게 어떻게 공익으로 빠지게 됐냐고 물어보자 한 형이 내 안경을 써보더니 "가능성이 있네."라는 말을 해주었다. 눈이 나빠 공익으로 왔다는 형들이 해준 그 말에 부푼 기대를 했었으나 일 년 후 나는 현역으로 입대를 하게 됐고 지금은 민방위도 끝나가는 처지다. 도대체 그 형들은 눈이 얼마나 안 좋았던 것이었을까?

　첫 월급을 받는 날, 쉬는 시간마다 정독해 두었던 우체국

쇼핑 카탈로그에서 부모님께 선물할 홍삼 파우치 세트를 주문했다. 홍삼이 집에 도착했을 때 부모님은 놀라기도 하셨지만 홍삼의 브랜드를 보고 당황해하시는 눈치였다. 엄마는 홍삼 상자를 다시 포장하며 "아빠가 몸에 열이 많아서 홍삼을 먹으면 안 돼."라는 말과 함께 반품하는 게 어떻겠냐고 하셨다. 아빠가 홍삼을 못 먹는다고? 거짓말. 나름 신경 써서 산 홍삼인데, 카탈로그에도 추천 상품으로 있던 홍삼인데 반품이라니. 눈시울을 붉히며 다신 선물을 사드리지 않을 거라 말하고 방으로 들어가 버렸다. 나중에 부모님께서는 내가 어디서 바가지를 당해 처음 보는 브랜드의 홍삼을 비싼 가격에 사 왔을까 봐 그랬다는 말씀을 해주셨지만 서운했던 마음 때문에 그때 부모님께서 실제로 홍삼을 반품했었는지 아니면 드셨는지는 기억나지 않는다.

지난 주말 부모님의 식당에 들렀을 때 음료수 냉장고에 있던 홍삼 파우치를 보았다. 형이 사다 준 거라며 아빠는 나에게도 하나를 건네주셨다. 그 홍삼은 정관장이었다.

처음으로 학교에서 학생들을 가르치고 받은 첫 월급은 고향의 한 사립 고등학교에서 9월에서 11월까지, 3개월간 기간제 교사로 일했을 때다. 교사 임용 시험이 11월에 있었으므로 모두가 일하는 것을 만류했지만 그때 나는 이미 4수생이었다. 올해 또 떨어지게 되어 앞으로 기간제 교사 생활이라도 하려면 짧은 경력이라도 필요했었다. 더구나 내년에 그 학교에서 정규직 국어 교사를 뽑는다는 말도 있었으니 나에겐 더없이 소중한 기회였다.

교생 실습 때 입었던 정장을 다시 꺼내 입고 첫인사를 드리러 간 날, 학교의 선생님들은 내 이름보다도 축구를 좋아하는지를 먼저 물었다. 알고 보니 남자 교사가 대부분인 그 학교에는 교내 축구 동호회에 속한 분들이 많았고 또 학교에 상당한 영향력을 미치고 있었다. 그렇게 3개월 뒤에 임용 시험을 앞둔 나는 매주 토요일마다, 어떤 날은 퇴근 후에도 도서관 대신 축구장으로 향했다. 중요한 경기가 있는 날에는 몇몇 여자 선생님들도 오셔서 응원하시곤 했었다. 그분들도 모두 기간제 교사였다.

국어 실력보다 축구 실력이 나날이 발전해 가던 어느 날 통장에 입금된 첫 월급을 보고 깜짝 놀랐다. 얼마를 버는지 제대로 모른 채 일한 것도 있었지만 그동안 해왔던 아르바이트보다 노동의 강도가 크다고 생각하지는 않았던 내게 통장에 찍힌 숫자는 예상외의 큰돈이었다.

'꼭 선생님이 되자!'

원래도 선생님이 꿈이었지만 그때 그 액수가 다시금 큰 동기를 유발해 주었다. 틀렸다. 그때 나는 이렇게 다짐해야 했었다.

'이 정도 받을 바에는 친구들처럼 기업에 취업하자. 고등학교 때 공부는 내가 더 잘했다.'

첫 월급으로 정장 한 벌을 샀다. 단벌 정장 안에 셔츠만 바꿔 입는 걸 학생들도 눈치챘기 때문이었다. 남은 돈과 2개월을 더 일하며 벌었던 돈으로는 빚을 갚았다. 마지막 학기를 남기고 과탑을 놓쳐 장학금을 받지 못했을 때 집에서는 학자금 대출을 받기를 원했었다. 그리고 조심스럽게 정부에서 지원해 주는 대학생 생활비가 있다는 사실도 알려주셨다. 사회에 진출하기도 전에 얻은 빚으로 마지막 학기의 등록금과 고시원비 그리고 독서실비를 충당했다. 아르바이트를 하며 3년간 조금씩 갚던 빚을 겨우 3개월 일했다고 처분할 수 있다니. 세상 물정 모르던 그때, 교사가 되어 금방 부자가 되는 미래를 상상했었다. 그리고 다행히도 그해 교사 임용 시험에 붙었다. 하지만 불행히도 아직 부자는 되지 못했다.

공무원으로서 교사가 되어 받은 첫 월급은 스물아홉 살의 3월이었다. 불과 몇 달 전에 받았던 월급을 기억하며 미리 공지되는 월급 명세서를 조회해 보다가 또 한 번 놀랄 수밖에 없었다.

'이럴 리가 없는데.'

기간제 교사를 할 때보다 훨씬 적은 월급에 무언가 잘못되어도 한참 잘못됐다는 생각에 먼저 교사가 된 친구에게 전화를 걸어보았다. 긴 통화 끝에 우리가 내린 의문 같은 결론은 '고등학교 때 나름대로 공부 좀 한다고 했던 우리가 무엇에 홀려 사범대에 진학했을까?'였다.

그래도 막상 월급날이 되니 기분은 좋았다. 학생 시절부터 꿈이었던 교사가 되어 돈을 벌었다는 사실과 간절함으로 때로는 절망으로 버텼던 20대의 시간을 보상받았다는 느낌이 적은 월급보다 더 큰 기쁨을 주었다.

　같은 학교로 발령을 받은 두 명의 동기 선생님들과 함께 첫 월급 턱으로 학교에 떡을 돌렸다.

　'첫 월급을 받았습니다. 앞으로도 열심히 하겠습니다.'

　앞으로의 다짐이 담긴 전체 메시지를 돌리고 한 분 한 분 찾아뵈며 떡을 나눠드렸다. 이제 갓 교사가 된 햇병아리 같은 우리가 준비한 떡을 받으며 선배 선생님들은 덕담을 해주셨다. 이후 시간이 지나 나도 몇 번의 첫 월급 턱을 받았었다. 쥐꼬리만 한 첫 월급을 쪼개가며 준비했을 신규 선생님들의 떡을 보면 첫 월급을 받기까지의 시간을 잘 견뎌준 그들이 대견하기도 했지만 혹시나 이 길을 계속 걸어가며 적은 월급과 많은 감정이 소모되는 직업 특성에 지치지는 않을지 걱정되기도 했다.

　월급 턱을 돌리고 자취방에 돌아와 엄마 통장에 용돈을 이체해 드렸다. 월급이 생각보다 적어 아빠에게는 드리지 못했지만 어렸을 때부터 엄마부터 챙기라는 아빠의 가르침에 따랐으니 아빠도 괜찮으실 거라고 여겼다. 그렇게 엄마에게 용돈을 이체해 드린 지 1년 정도가 지난 어느 날, 요즘 형편이 좋지 않으니 자기에게도 용돈을 보내줄 수 있냐는 문자가 아빠에게 왔다. 그때 아빠는 트럭 운전사를 그만두고 엄마와 함께 분식집을 하고 있었을 때였으나 아빠가 배달 중 교통사고를 당한 후 가게는 여러 사정으로 장사가 잘 안되고 있었다.

아차 싶었다. 한때 아빠가 벌어 오는 수입으로 우리 식구가 먹고살았던 적이 있었다. 아빠는 우리 집의 어미 새였고 더 어린 시절로 가면 세상의 모든 아빠가 그러하듯 아빠는 나의 슈퍼맨이었으며, 세상의 풍파에 가장 가까이 서서 나를 보호해 준 첫 번째 방파제였다. 그랬던 아빠가 아들에게 용돈을 달라는 문자를 보낸 것이다. 아마 몇 달은 고민하셨을 테다. 말하기 전에 보내드렸어야 했다. 한때는 가장이었던 사람의 자존심을 지켜주지 못한 마음이 들어 늦어서 죄송하다는 말과 함께 용돈을 이체해 드렸다. 그리고 일 년 후 아빠는 용돈을 좀 올려달라고 문자를 주셨다. 이번에는 이체 대신 전화부터 드렸다.

"아빠?!"

월급의 정의를 검색해 본다.

'한 달을 단위로 하여 지급하는 급료'

앞으로 또 '첫 월급'을 받을 일이 있을까? 겸직 금지에 따라 새롭게 월급을 받는 상황은 교직을 그만두기 전까지는 없을 것이다. 대신 이제 신규 교사의 첫 월급 턱을 받을 때처럼 누군가의 첫 월급을 지켜보는 일이 생기곤 한다. 올해는 우리 반 학생들이 아르바이트로 번 첫 월급으로 반 친구들에게 간식을 돌리는 일이 있었다. 한 명은 헬스 트레이너로 일하면서 번 돈으로 초코파이를, 그걸 지켜본 또 다른 학생이 음식점에서 일하면서 번 돈으로 음료를 사 왔다. 돈 버는 일이 쉽지 않다는 것을 처음 느꼈을 만큼 자신을 위해 쓰고 싶은 마음이 컸을 텐데, 이런 일은 나도 교사가 되고 처음 겪는 일이어서 그 학생들이 더욱 기특하게 보였다. 이렇게 학생들에게 또 한 수 배운다.

'처음'이 낯설어질 남은 나날들에 또 한 번 첫 월급을 받는 순간이 온다면 그것이 쥐꼬리의 꼬리만 한 돈일지라도, 그래서 대접할 수 있는 것이 엽서 한 장일지라도 두 학생처럼 지인들에게 꼭 한턱을 쏴 오랜만에 다시 겪어 더 특별한 첫 월급의 경험을 함께 나눠야겠다.

터널의 어둠 다음에는

빛이 있다고

　작년 겨울, 사람들과의 술자리가 끝나고 친한 형과 같이 걸어가며 여러 이야기를 나누었다. 최근에 품고 있는 고민을 털어놓자 금주 선언으로 그날 술을 마시지 않은 형은 맥줏집에 들어가서 대화를 더 나누자고 했다.

　여전히 어른 같지 않은 내게 다가오는 마흔이란 나이가 부담스럽고 아직도 해결되지 않는 막막한 일들을 보면 어떤 태도로 삶을 대해야 할지 잘 모르겠다는 말을 가만히 들어주던 형은 끝내 생맥주를 시키며 자기의 금주 선언을 깼다. 그러면서 마흔의 중반을 넘어가는 자기도 삶에 대한 궁금증만 늘어간다며, 자기 역시 비슷한 고민을 선배들에게 털어놓으면 그분들도 여전히 해결해야 일들 앞에서 삶을 어려워하고 있었다고 말해주었다.

그 말을 듣자 순천으로 가는 고속도로에 놓인 사십여 개의 터널을 처음 봤었을 때가 떠올랐다. 끊임없이 나타나 창밖 풍경을 계속해서 삼키던 터널들. 살아가는 일은 터널이 언제 끝날지 모른 채 그 도로를 지나던 일과 너무나 비슷했다.

며칠 전 새 학기를 맞이하는 회식 자리가 있었다. 새 학기의 시작이 주는 설렘과 걱정을 안고 여러 대화가 오가다 얼마 전 퇴임하신 교장 선생님의 이야기가 나왔다. 퇴임식에서 교장 선생님은 앞으로 일 년간 자신만의 방학을 보낼 예정이라며 전국 곳곳을, 또 외국을 돌아다닐 계획을 말씀하셨다. 모두가 소망하는 부러운 퇴직이었다.

그런데 그날 회식 자리에서 새로운 이야기를 들었다. 교장 선생님께서 여러 사정으로 아직 빚이 남아 있어 퇴직금으로 마지막 빚을 다 갚을 예정이며 그렇게 되면 자신은 해방에 놓인다고 말씀하셨었다는 것이었다. 맥주잔을 만지작거리며 '방학'과 '해방'이라는 단어를 가만히 되뇌었다. 교장 선생님에게 퇴직은 해방의 순간이었기에 퇴임 후의 일 년을 방학이라 표현하셨었나 보다. 그런데도 교장 선생님은 퇴직하는 당일에도 교문 교통 지도와 점심 급식 배식을 하셨었다. 누가 요청한 일도, 교장의 위치에서 해야 할 의무도 아니었다. 오롯이 본인이 원하셔서 한 일이었다.

 "참 대단하신 분이셨어"라는 말과 함께 우리는 술잔을 계속 기울였고 술자리와 함께 이야기도 길어졌다. 방학과 새 학기, 그리고 가족 이야기까지. 그러다 한 선생님께서 자신의 이야기를 조심스레 꺼내셨다. 작년 한 해 동안 사실 사모님과 아드님께서 몹시 아팠고 두 분이 거의 다 나아갈 때쯤 자기의 몸에도 이상이 있다는 걸 알게 되어 참 많은 생각을 했었다며, 그중에는 자신이 맡은 학생들의 남은 일 년을 잘 마무리해 주고 그들의 생활기록부만큼은 책임지고 다 작성해야겠다는 생각도 있었다고 하셨다. 무엇이 그 순간에도 학생들을 떠오르게 했는지 궁금했지만 질문 대신 다행히 모두가 건강을 회복한 일을 축하하는 건배를 나누었다.

퇴직할 때까지 큰 빚을 안고 가게 될지, 자신을 포함한 가족들이 돌아가며 아프게 될지 두 선생님은 전혀 알지 못했을 것이다. 그저 긴 터널과 다시 나타난 터널을 묵묵히 걸으며 그 시간을 견디셨다. 그럼에도 항상 웃고 계셨고 자기 일에 최선이셔서 그분들이 터널을 걷고 있다는 생각을 하지 못했었다. 어쩌면 두 분은 풍경 뒤에 나타난 터널보다 터널 뒤에 찾아올 풍경을 바라보고 있지 않으셨을까.

풍경 뒤의 터널과 터널 뒤의 풍경, 마치 '기쁨' 뒤에 '노여움'이 있고 '슬픔' 뒤에 '즐거움'이 있는 희로애락(喜怒哀樂)이란 단어 같다. 도로에 놓인 수많은 터널을 반복해서 통과하는 것이 살아가는 일이라면 '삶은 희로애락의 연속'이라는 표현은 상투적이기보다 삶을 정확하게 나타낸 표현이다. 희에서 출발해 노와 애를 지나 락에 도착해도 노와 애가 뒤에서 기다리고 있는 희로 다시 가게 되는 것이 우리의 삶이다. 더구나 도로와 달리 삶에 놓일 터널의 개수와 길이는 미리 알 수도 없다.

하지만 희로애락이란 단어를 처음 만들며 희와 락을 중간이 아닌 양 끝에 놓은 이의 마음을 헤아리고 싶다. 우리는 희를 아는 사람, 그러니 터널을 묵묵히 걸어간 두 선생님처럼 희를 등불 삼아 락으로 향할 수 있다.

올해 초 제주도에서 들린 한 카페의 방명록에서 이삼십대의 청춘들이 남긴 글을 본 적이 있다. 조용히 사색하고 싶은 이들을 위한 카페여서 그런지 방명록에는 사랑과 취업, 친구와 가족들의 일로 힘들어하는 마음들이 진솔하게 담겨 있었다. 한때 내가 앓았거나 지금도 힘들어하는 사연들을 묵묵히 읽어가다 긴 터널 속에 갇히지 말기를, 터널의 끝에는 빛이 있으니 멈추지 말아 달라는 짧은 글을 방명록에 적어 보았다.

다시 그 카페에 방문하게 된다면 어설프게 적었던 위로의 글 뒤에 빛이 온 다음에 다시 터널이 나타날 수 있다고, 그래도 터널의 어둠에 익숙해질지언정 그 어둠을 닮아가지 말고 그다음 빛을 향해 걸어가자는 말을 덧붙여야겠다.

우리형

또다시 돈을 빌려달라는 형의 말에 서운함이 터져 나와 욕을 하고 전화를 끊었다. 몇 달 전에도 형에게 욕을 하고 전화를 끊었던 적이 있었다. 형에게 욕을 한 건 그때가 처음이었다. 이전 같으면 상상할 수 없는 일이었다. 세 살 터울의 형이 무서워서가 아니었다. 내가 형을 너무 사랑했기 때문이었다. 하지만 지금 내 삶은 중요하지 않게 여기는 듯한 형이 누구보다도 가장 미웠다.

지금이지 않을까? 형에 대해 글을 쓸 수 있는 시기가. 하고 싶은 말들이 많아 감정이 글을 앞서갈까 봐 쓰지 못했던 이야기를 어쩌면 이제는 쓸 수 있을 것만 같았다.

하지만 펜을 잡자 내가 사랑하던 형의 모습이 쏟아져나와 형을, 또 형을 그리고 있는 나를 자꾸만 멈춰 세웠다. 결국 몇 주 동안 글을 몇 번이고 썼다 지웠다. 이렇게 해서는 지금의 우리를 그릴 수 없었다.

이 글을 끝까지 쓸 수나 있을지, 이 글을 다 쓰고 나면 형에게 어떤 말을 건네게 될지 알 수 없었다. 처음으로 글을 쓰고 있는 순간보다 글을 다 쓰고 난 이후를 더 많이 생각하게 됐다.

초등학교 6학년인 형이 울고 있다. 무슨 상황인지를 몰라 어리둥절해하는 어린 나를 붙들고 마찬가지로 어린 형이 진지하게 말하고 있다. 혹시 우리가 따로 떨어져 살게 되더라도 절대 연락이 끊겨서는 안 된다고, 우리는 계속 만나야 한다고. 형의 말을 이해하지 못한다. 나는 형이 학교에서 수련회를 간다고 했을 때 따라가겠다고 우겨 끝내 같이 갔었고, 형이 친구들과 옷을 사러 시내에 나갈 때도 형 뒤를 졸졸 따라다녔다. 이렇게 형과 떨어져 본 적이 없는데 우리가 왜 헤어진다는 거지? 내가 형과 따로 산다는 건 상상할 수 없는 일이다.

부모님의 이혼 후 우리를 키우던 친어머니가 우리의 양육을 아빠에게 넘긴다는, 어쩌면 우리 중 한 명만 보내질 수도 있다는 어른들의 말을 형이 어디서 듣고 왔나 보다. 다행히 우리는 아빠에게 함께 보내진다. 웬만한 집 크기의 마당을 가지고 있던 단독주택에서 욕실은커녕 화장실 변기도 없던 다섯 평짜리 원룸으로. 하지만 형이 옆에 있으니 나에게 집의 크기는 중요하지 않다.

형과 단둘이 방에 있던 날, 형은 집에 자주 놀러 오시는 이모를 이제는 '엄마'라고 불러야 할 것 같다고 말한다.

"미리 연습해 보자."

"엄마 오셨어요?", "엄마 밥 먹을래요?". 형은 '엄마'라는 단어는 그대로 둔 채 뒤의 문장만 바꿔 계속 말을 한다. 형의 말을 나는 따라 한다. 형이 하는 거라면 나도 꼭 하고 싶으니까. 나는 형과 떨어지고 싶지 않으니까.

형에게 전화가 왔다. 시간을 보니 형 가게의 영업시간 전이었다. 하루의 안부를 묻기에는 이른 시간, 아니나 다를까 형은 전화로 또 돈을 빌려달라 부탁했다. 언젠가부터 형이 안부를 물으며 말을 흐리면 그 뒤에는 돈을 부탁하는 이야기가 나왔다.

"이번이 몇 번째인지 아냐?"

이전에 빌린 돈들도 형은 몇 달 혹은 몇 년에 걸쳐 겨우 갚았다. 돈이 문제가 아니었다. 사실 돈은 있었다. 화가 나는 이유는 내 사정이 형에게 늘 뒷전이었기 때문이었다. 가족이라는 이름이 때론 양보와 희생을 당연하게 여기게 만든다는 걸 알고 있었지만, 가족이기에 서운함을 느낄 수밖에 없었다.

"형, 나도 살아야지. 내 삶이 형을 위해 있는 건 아냐. 형한테 내 삶이 소중하기는 해?"

말이 없는 형 대신 내가 말을 쏟아냈다. 말이 말을 불러왔고 그럴수록 감정이 더 큰 감정을 몰고 왔다. 어느새 나는 형에게 염치를 들먹이고 욕을 하고 있었다. 가만히 말을 듣던 형은 미안하다며 운전 조심히 하라는 말을 남기고 전화를 끊었다. 끊긴 수화기 너머 형은 어디에 또 전화를 돌리고 있을지, 돈을 빌려달라고 말을 하는 형보다 남에게 아쉬운 소리를 하고 있을 형이 더 싫었다.

며칠 후 우리는 아무 일 없었다는 듯이 통화를 했고 돈 이야기는 나오지 않았다. 예전과 같은 평범한 대화였지만 둘 다 서로 말을 아끼고 있었다. 그날 형과의 통화에서 처음으로 어색함을 느꼈다.

새벽 네 시, 고등학생인 형이 자는 나를 깨운다. 형의 목소리를 듣고도 못 들은 척 계속 자는 시늉을 한다.

"인난 거 다 알아."

형의 한마디에 뭉그적거리며 일어난다. 옷을 두껍게 입고 우리는 신문사로 자전거를 타고 간다. 두 단지 몫의 신문을 자전거에 나눠 싣고 빌라로 향한다. 신문을 구독하는 집들의 동과 호수가 적힌 쪽지를 보지 않아도 어느새 어느 집에 신문을 넣어야 하는지 다 외우고 있다. 언젠가부터 형은 자전거 대신 오토바이를 빌려온다. 이제는 더 빠르게 신문사까지 갈 수 있다. 하지만 빨라진 만큼 겨울 새벽의 바람은 더 차갑게 피부에 와닿는다. 오토바이가 신호에 걸려 잠깐

멈추면 바람도 함께 멈춰 우리를 감싸는 공기가 따뜻해졌다고 느낄 정도다. 그나마 나는 형을 뒤에서 꼭 껴안고 있었던 상황, 앞자리의 형은 더 추웠을 것이다.

　중학교 1학년인 내게 새벽의 오토바이보다 더 무서운 건 컴컴한 새벽에 켜지지 않는 빌라의 센서등이다. 계단에서 허공으로 손을 휘저어보아도 위층의 센서등이 켜지지 않으면 올라가기가 무섭다. 불이 또 켜지지 않던 날, 중간에서 차마 올라가지 못하고 머뭇거리고 있는 사이 어디선가 '쿵' 하는 소리가 난다. 너무 놀란 나머지 부리나케 1층까지 뛰어 내려가 보지만 형은 옆 동에 올라갔는지 오토바이만 덩그러니 있다. 놀란 가슴을 움켜쥐고 다시 올라간다. 어쨌든 신문을 다 돌려야 집에 갈 수 있으니까.

　어떤 날은 계단에서 만 원을 주웠다며 형이 신나게 달려온다. 어떤 날은 너무 더워 우리는 남의 집 우유 바구니에서 몰래 우유를 훔쳐 먹는다. 비가 그친 어떤 날은 나를 나무 밑에 서 있어 보라 하더니 형은 나무를 발로 힘껏 차 나뭇잎에 있던 빗방울들을 떨어트려 나를 다 젖게 한다. 어떤 날은 삐쳐서 형에게 한마디도 안 하고 집으로 돌아온다. 어떤 날은 대변이 급한 형이 나에게 사람들이 오는지 망을 보라며 골목길로 들어간다. 정말로 사람들이 나타나자 어쩔 줄 몰라 형을 놔두고 도망을 가버린다. 어떤 날은, 또 어떤 날에는. 그렇게 새벽이면 형을 뒤에 끌어안고 벚꽃잎을 보다 매미 울음소리를 듣다 땅에 떨어진 은행나무 열매를 피하다 이 년이 지난다.

곧 두 아이의 아빠가 되는 형이 주택을 짓기 시작했다. 엄마도 주택에 살아보고 싶어 했기에 형은 욕심을 내 전주 외곽에 땅을 사고 2층짜리 주택을 지어 1층에는 형의 가족이, 2층에는 부모님이 살기로 했다. 형의 대출금에 부모님의 집을 판 돈을 합쳐 짓는 집이었지만 형의 족발집 가게도 장사가 잘되고 있어 무리는 없어 보였다. 형은 사장을, 나는 교사를, 그리고 우리 가족은 단독주택을. 우리 형제는 세상을 다 가진 듯했다.

하지만 시간이 흐를수록 빚이 빚을 키웠다. 족발집을 차릴 때 이미 목돈을 대출받아 줬던 내게 형은 다시 돈을 부탁했고, 주택에 돈을 보태지 못해 미안한 마음을 갖고 있던 나는 다시 한번 큰돈을 대출받아 빌려주었다. 부모님 역시 더 대출을 받아 형을 도와줬지만 상황은 나아지지 않았다. 형의 대출 상환이 늦어지기 시작했고, 때로는 소액의 돈을 또 부탁할 때도 있었다. 한집에 사는 형과 부모님의 사이도 조금씩 틀어지고 있었다.

그때쯤 형은 차를 한 대 더 사고 싶어 했다. 기존의 차로 배달도 하다 보니 연식에 비해 차가 빠르게 노후화돼 조카들이 안전하지 않을 수 있다는 게 구매의 이유였다. 문제는 구매하려는 차가 또 수입차였다. 운전사였던 아빠의 영향으로 형과 나는 어렸을 때부터 차를 좋아했고 형은 특히 더 많은 관심을 가지고 있었다. 하지만 지금의 상황에서 수입차는 말이 되지 않았다. 말리는 내게 형은 이런저런 할인을 받으면 부담이 되지 않는다고 말했고 실제로 매달 내는 금액을 들어보니 국산 차와 큰 차이가 없기는 했다. 형을 말리려다 오히려 형을 도와 부모님을 설득해 주었고 그렇게 형의 수입차는 두 대가 됐다. 하지만 알고 보니 형이 실제로 내던 금액은 내게 말해준 금액의 두 배가 넘었다. 당시 형이 내 대출금을 상환하지 못하고 있어 내가 대신 이자를 일 년 정도 내주고 있었을 때였다. 형은 돈을 갚지도 못하면서 비싼 차를 타고 다니고 있었다. 처음으로 형에게 큰 실망을 했다.

"형, 차도 한 대 팔고, 집도 팔자. 이런 건 우리와 어울리지 않았어"

집값이 몇 년 사이 조금 올랐다니 집을 팔아서라도 큰 빚을 막아보자고 제안했을 때 형은 말없이 한숨을 쉬었다. 고민 끝에 내놓은 집이 팔려 계약서를 작성한 날, 온 가족이 모여서 대화를 나눴다. 각자의 속상한 마음이 충돌해 상처가 되지 않도록 나는 가운데서 가족들을 중재했다. 물론 중재는 쉽지 않았고 나 역시 감정을 참지 못해 형이나 부모님께 말을 쏟아 내기도 했다.

하지만 결코 형을 원망하지는 않았다. 형은 모두가 잘 살기를 바랐을 뿐, 근 10년간 게으르지 않았고 자신만을 위해 일하지도 않았다. 그간의 아쉬움과 서운함을 말하던 형의 팔에는 한 달에 두 번도 못 쉰 채 요리하며 생긴 화상 자국과 부엌칼에 베인 상처가 여럿 있었다. 그 흉터는 아빠가 닭을 싣고 다니는 트럭을 운전하셨을 때 닭의 발톱에 긁혀 생긴 흉터와 닮아 있었다.

　입대를 앞둔 형이 통장을 내민다. 군대 가 있는 동안 용돈을 주지 못하니 이 돈을 쓰라며 건넨 통장에는 삼십만 원 정도가 찍혀있다. 스물한 살, 더구나 입대를 앞두고 있었으니 자기 쓸 돈도 모자랐을 텐데 형은 끝내 돈을 남겨 나에게 주고 간다. 고등학교 2학년인 내게는 큰돈이다.

　몇 년 후 형은 다니던 직장을 그만두고 그동안 벌어둔 돈과, 자신의 중고차까지 팔아 모은 돈으로 사촌 형이 있는 중국으로 긴 여행을 간다. 그러면서 출국 전 일부 금액을 남긴 통장을 내밀며 돈이 필요하면 여기 있는 돈을 찾아 쓰라 한다.

　신문 배달을 시작한 이후로 아르바이트부터 소일거리까지, 형은 한 번도 일을 쉬지 않는다. 그러면서 대학생이 된 나에게, 군대에서 휴가를 나온 나에게, 교사 임용 시험을 준비하는 나에게 꾸준히 용돈을 준다.

　"니는 할 줄 아는 거라곤 공부밖에 없으니까 공부나 제대로 해. 그래서 꼭 선생님 해야 혀."

전문대를 졸업 후 형은 바로 취업의 길로 뛰어들었고 형의 오랜 친구와 작은 카페를 차리기도 한다. 형과 함께 맥주잔을 기울이던 어느 날 형은 나에게 자기의 경험을 들려준다.

"나는 지금까지 하고 싶은 건 다 하고 살았어. 독립도, 차를 사는 것도, 여행도. 크든 작든 그게 중요한 게 아녀. 이루는 게 중요한 거여. 비결이 뭔지 아냐? 해 보고 싶은 게 있으면 계속 말을 하면 돼. '뭐, 뭐를 하고 싶다!' 이렇게. 그럼 주위에서 도와주기도 하고, 말을 해 논 게 있으니께 계속 방법을 찾게 돼. 그러다 보면 어느새 정말 내가 그걸 하고 있더라고."

나에게 형은 성공하는 사람이다. 그런 형이 자랑스럽다. 형의 행복을 지켜보는 게 좋아 앞으로도 이렇게 형이 성공하는 사람이길 바란다.

족발집 사장님이 된 형은 항상 피곤해 보였다. 형 옷의 목 부분이 늘어나 있었다. 조카 옷은 항상 새것인데 형의 옷은 그렇지 못했다. 형은 점점 어린 시절의 아빠를 닮아가고 있었다.

"생일 선물로 옷이라도 사줄 테니까 백화점이라도 같이 가자고."

형은 시간도 없고 피곤해서 멀리 나갈 생각이 없다고 했다. 장사가 잘되는 건 좋지만 형을 갈아 넣고 있는 것 같아 마음이 편치 않았다. 자기 생일 선물은 됐으니 조카 선물이나 사주라는 형의 말을 단칼에 거절했다. 형은 옷을 잘 입었으며 어린 시절에는 미용실을 한 달에 두 번이나 가야 직성이 풀리던 멋쟁이였다. 하지만 이제는 옷보다 잠깐의 휴식이 더 필요한 사람이 되었다. 그래도 가끔 내가 전주에 가면 함께 각자 차를 끌고 외곽에 있는 카페에 가는 건 좋아했다. 이때만큼은 형에게 운전은 배달이 아닌 오롯이 차를 즐기는 행위였다.

내가 입고 온, 친구들이 선물로 사준 새 옷을 가리키며 예쁘지 않냐며 매장 가서 사줄 테니 나가보자고 한 번 더 말해봤다. 물끄러미 내 티셔츠를 바라보던 형은 예쁘다며, 그럼 그 옷을 벗어주고 가라 했다. 정말 질려버리는 말이었지만 대전으로 돌아갈 때 내 목에는 새 옷 대신 목이 다 늘어난 형의 티셔츠가 걸쳐져 있었다.

작년 형의 생일에는 신발을 선물로 사주었었다. 그때 같은 신발을 나도 샀었지만 몇 달 후 여전히 새것 같은 내 신발과 달리 형의 신발은 이미 낡아 있었다. 매일 배달로 하루에도 수십 곳을 다녀야 하는 형에게 어렸을 때처럼 신발을 아껴 신는다는 건 불가능했다. 내가 벗어 놓고 온 티셔츠도 금방 목이 늘어날 게 뻔했다.

이제 형은 어린 시절 내가 껴안고 자던 '우리형'이 아니었다. 형은 한 가족을 짊어지고 있는 '아빠'였다.

곧 서른을 앞둔 형이 동생의 하숙집에 짐을 빼러 온다. 대학교 4학년이 되어 본격적으로 교사 임용 시험을 준비하는 나는 사설 독서실을 다니고 싶어 한다. 하지만 하숙집 비에 독서실 비까지 더하면 너무 많은 돈이 필요해서 결국 하숙집을 나와 고시원에 들어가기로 결심한다. 그러면 오히려 돈이 남는다. 고시원이 하숙집 바로 옆에 있어 형과 나는 직접 짐을 옮긴다. 일, 이 평 남짓한 방을 보더니 형이 한숨을 쉰다.

"하나 있는 동생 마음 편히 공부하게 도와주지도 못하고…"

형의 목소리가 떨린다. 별소리를 다 한다고, 온종일 독서실에서 공부하고 여기에서는 잠만 잘 텐데 불편할 게 뭐가 있겠냐며 형을 달랜다.

하지만 나의 수험생 생활은 길어진다. 초수에 재수까지, 고시원 생활도 덩달아 길어진다. 부모님의 집은 전주 외곽에 멀리 있어 세 번째 시험을 준비하면서 나는 형의 집으로 들어가고 그렇게 다시 형과 한방을 쓰게 된다. 어린 시절 형과 나는 한방을 썼었고, 거실을 안방처럼 사용하시는 부모님 때문에 집에 방이 하나 남던 때에도 '형제는 방을 같이 써야 한다'는 형의 주장으로 우리는 계속 한방에서 지냈다. 내가 혼자 방을 쓸 수 있었던 건 형이 군대에 가고 난 후부터였다. 그러니 내 삶에서 형과 따로 살던 해는 얼마 되지 않는다.

세 번째 시험에도 떨어지고 다시 네 번째 시험을 준비한다. 형은 이사를 하고 나도 형을 따라간다. 새집은 방이 두 개이지만 우리는 여전히 한방을 쓴다. 형이 결혼하고 형수님이 집으로 들어왔을 때야 나는 작은방으로 넘어갔고, 형의 신혼집에서 1년을 더 지낸다.

　눈을 떠보니 아무도 없었다. 형은 당연히 출근했을 시간이었지만 형수님도 평소보다 일찍 출근했는지 집에 아무도 없었다. 네 번째 임용 시험 발표날이었으니 아마 자리를 피해주신 듯했다. 조용히 일어나 컴퓨터를 켜고 대전교육청 홈페이지에 접속해 본다. 최종 합격. 그동안 고생했던 시간이 떠올라 기쁨보다 울컥한 마음이 먼저 찾아왔다.

　천천히 목욕을 하고 그보다 더 천천히 옷을 갈아입었다. 부모님 가게로 가기 위해 택시를 타면서 형에게 전화를 걸었다. 합격자 발표 시간이 한참 지나도 연락이 없어 결과를 으레 짐작했었는지 형의 목소리는 아무 일도 없다는 듯 차분했다.

　"형, 나 붙었어."

　형보다 더 차분하게 말하는 내 말을 듣고 고생 많았다며 축하해주는 형의 목소리는 이제 떨리다 못해 울먹이고 있었다.

발표가 1월 중순이었고 신규 교사 연수는 2월, 발령은 바로 3월 2일이었다. 형의 집을 나와 본가로 들어간 나는 부모님과 함께 대전의 자취방을 알아보러 다니거나 혼자 살려면 필요한 것들을 준비하느라 분주해졌다. 교사가 되기까지 오랜 시간이 걸린 만큼 감사 인사를 드릴 곳도 많았다. 모두 나의 앞날을 축복해 주었고 그에 응하듯 앞을 향해 걸어갈 준비에 더욱 집중했다. 더구나 긴 시간 동안 나아가지 못하고 늘 한자리에 머물러 있던 청춘이 아니었던가. 그래서 그때는 형과 한집에서, 때로는 한방에서 일상을 함께 보내는 일이 더 이상 없을 거라는 사실을 미처 알지 못했었다. 우리가 오랫동안 같은 공간에서 지낼 수 있었음을 감사해하는 시간을, 앞으로 다른 공간에서 지내면서 달라질 것들에 관해 이야기하는 시간을 형의 집을 나오기 전에 짧게라도 가졌어야만 했었다. 이렇게 갑작스럽게 시작된 독립은 부모님으로부터의 독립이 아니었다. 나의 독립은 형으로부터의 독립이었다.

내가 대전에 살게 되면서 우리는 주말에나 볼 수 있었다. 밥이나 커피 혹은 술 한잔을 하는 날도 있었지만 얼굴만 잠시 보고 갈 때가 더 많았다. 어떨 때는 얼굴도 못 보고 올라가는 길에 통화만 하는 날도 있었다. 형의 품을 떠나 서로가 각자의 삶을 보내는 시간이 길어질수록 우리 둘의 인생은 색을 달리하기 시작했다. 형은 두 아이의 아빠이자 가게를 운영하는 사장님으로, 나는 다른 억양의 사람들 속에서 학생을 가르치는 교사로 살아갔다. 매일 마주하는 것과 필요로 하는 것이 다른 일상에서 우리 형제가 서로에 대해 잘 아는 것들은 과거가 되어갔고, 모르는 것들은 현재가 되어 갔다.

오늘은 지난번에 빌려 간 돈을 형이 갚기로 한 날이다.

"왜 또 빈손인 건데?"

형은 미안하다며 빌린 돈을 몇 개월에 걸쳐 나눠서 갚겠다고 한다. 나는 그냥 웃고 만다.

오늘은 내 생일이기도 하다. 형은 생일 선물로 작은 프라모델을 선물로 준다. 타지에 살기 시작했을 때 심심한 시간을 보내기 위해 어린 시절 좋아했던 프라모델을 다시 만들곤 했었지만 이미 그만둔 지 오래다. 둘째 조카가 좀 더 자라면 그동안 만들었던 것들도 모두 선물로 줄 예정이다.

카페 창밖을 보니 곧 눈이 올 것 같다. 눈이 많이 내리면 형은 나에게 운전 조심하라는 문자를 보내겠지. 눈이 아니라 비가 와도 형은 그럴 것이다. 나는 배달도 안 하는데.

최근에 형은 십 년 넘게 운영하던 족발집을 접었다. 앞으로의 계획에 관해 물어보며 조언인지 질책인지 모를 말들을 건네다가 문득 우리의 옛 대화가 생각난다.

"형은 사촌 형들이랑 잘 지낸다. 나는 이제 좀 어색한데."

그때 형은 말했다. 자기에게도 가끔은 형이 필요하다고. 내가 좀 전 형에게 한 말은 '형' 같은 말이었을까? 내 말을 들으며 형은 어떤 생각을 했을지 모르겠지만 지금 그 어느 때보다 형에게 '형'이 필요한 시기인 건 분명해 보인다.

동생은 결국 '동생'이기에 결코 형의 '형'이 될 수 없다. 그러니 혹시라도 다음 생이 있다면, 그리고 우리가 또다시 형제로 태어난다면 그때는 내가 형의 '형'으로 태어나고 싶다. 그래서 동생이 하나밖에 없어서 그런 거라고, 하나만 더 있었어도 별 신경 안 썼을 거라는 농담을 나도 해보고 싶다.

사실 알고 있었다. 이 글의 끝에 내가 형을 어떻게 생각하게 될지. 글을 쓰는 동안 『외딴방』의 한 구절이 자꾸 머릿속에 맴돌았으니까. 소설 속에서 여동생은 큰오빠를 보고 '자신을 돌봐주려고 이 세상에 온 사람 같다'라고 표현한다. 그리고 그를 향해 이렇게 말한다.

  '어떤 미래 속에서라도 그를 잊지 않으리.'*

—

* 신경숙, 『외딴방』, 문학동네, 1999

겨울의 일

봄을 노래하기 위해서 겨울을 이야기하고 싶지 않다.

잠을 깨우는 건 봄이지만 재우는 건 겨울. 지금은 모든 것을 재우는 시간이니 웅크리고 있다고 해서 굳이 펴지 않아도 된다. 피어남을 허락하지 않는 시간, 이때를 위해 겨울은 존재하니 겨울도 자기의 일을 하고 있을 뿐이다. 그러니 당신, 그렇게 있다고 해도 전혀 아무렇지 않다.

이제 다시 잠이 들 시간, 당신 옆에 나도 나란히 웅크려 본다.

집의 의미

집을 샀다. 칠 년을 살던 아파트의 전세 자금 대출을 갱신하기 위해 은행에 들렀다가 거의 두 배나 뛴 전세 대출 이자를 보고 이게 맞나 싶었다. 어느새 삼십 대 후반, 주위 친구들은 대부분 집이 있었다. 하루라도 빨리 집을 사라는 말을 듣고도 쉽사리 엄두를 내지 않고 있던 나였지만 이제는 더이상 미룰 때가 아니었다.

걱정과 달리 고마운 사람들 덕분에 일은 일사천리로 진행됐다. 집주인분은 재계약을 한 달 앞두고서 집을 비우고 싶다는 말을 듣고도 선뜻 알겠다며 대출을 받아 전세 보증금을 돌려주었다. 이 집에 살기 전에도 안면이 있던 분이라 거의 십 년을 알아 온 인연이었다. 떠나서 아쉽지만 드디어 집을 사 나간다니 다행이라며, 오랫동안 집을 깨끗이 써주어 고맙다는 말도 해주셨다. 고금리로 부동산 시장이 좋지 않아 집을 내놓고 한동안은 아무 소식 없다 몇 주 후에야 처음으로 집을 보러 한 아주머니가 오셨다. 다른 집을 살펴보다 들른 김에 마지막으로 내 집도 들러 보았다는 아주머니는 칠 년을 살면서 못 하나 박지 않은 집을 보고 리모델링을 했냐고 물어보셨다. 남자 혼자 사는 집치고 예쁘게 꾸민 인테리어가 마음에 드셨는지 집을 보고 나간 후 삼십 분도 안 되어 부동산 중개업자에게 집이 계약됐다는 연락이 왔다. 집주인분도 큰 부담을 덜게 될 테니 다행이었다. 한편에선 친구들과 지인들이 이사할 집을 함께 알아봐 주었고 심지어 집을 같이 보러 가 준 이도 있었다. 고맙게도 모두 내가 준비할 수 있는 예산에 맞는 집을 자기 집처럼 열심히 찾아 주었다. 집 구매를 유도하기 위해 대출 규제가 완화된 덕도 봐서 고금리 시대에 저금리로 대출을 받을 수도 있었다.

마치 내가 집을 사기를 기다린 듯이 모든 일이 잘 풀렸다.

　그렇게 이사를 결심한 지 두 달 만에 아파트를 계약했고 대출금과 그동안 모아두었던 돈을 전부 쏟아부어 계약 한 달 후에 이사를 하게 됐다. 칠 년 만에 하는, 더구나 집을 사서 하는 이사였기에 신경을 써야 할 것들이 너무 많았다. 매매 절차는 복잡하고 다사했으며 도배와 청소, 수리를 위해 여러 업체를 알아봐야 했고 새로운 가구도 구입하는 등 하루하루가 결정의 나날들이었다. 여기에 예상하지 못한 일들까지 생겨나 들어가는 돈이 더 많아졌다. 줄어가는 통장 잔액을 보며 "나 거지 되겠어"라고 하면 "그래도 집이 생겼잖아"를 들었고, 그 말에 "집이 뭐라고" 하며 되물으면 "집 정도면 뭐가 되는 거야"가 돌아왔다.

　새 학기와 이사를 함께 맞이한 3월은 금방 지나갔다. 집 정리를 하다 쓰러져 잠을 자기도 했고 어질러진 집을 보다 감당이 안 되면 다 포기하고 근교로 드라이브를 나가기도 했다. 겨우 집 정리가 마무리돼서야 이 땅에 내 발 하나 온전히 디딜 곳이 생겼다는 생각이 들었다. 물론 22층이나 되는 공중의 땅이었지만. 축하를 위한 간단한 집들이를 몇 차례 열었고 마지막으로 전주에 있는 가족들을 모셨다. 5층 이상의 높이를 힘들어하는 엄마는 눈을 감은 채 엘리베이터를 타셨고, 조카들은 삼촌의 집보다 아파트에 딸린 놀이터를 더 보고 싶어 했다. 아빠는 집 여기저기를 보면서 이사하느라 고생했다는 말을 반복하셨다.

직장을 잡고 경제적으로 자립을 한 뒤부터 무언가를 마련했다고 하면 아빠는 늘 고생했다는 말을 해주셨다. 하지만 부동산에서 계약서를 작성하고 돌아오는 길에 아빠에게 전화를 걸어 집을 살 예정이라고 전했을 때 아들의 말을 가만히 듣고 있던 아빠는 평소와 다르게 말씀하셨다.

"미안하다."

집을 사는 데 돈을 보태주지 못해서 하는 말 같았다. 전셋집을 구할 때나, 차를 살 때도 도움을 요청하지 않았건만 이번에는 미안하다고 말씀하시는 걸 보니 역시 집은 '뭐라도 되는' 대상인가 보다. 그렇다고 아빠가 미안한 감정을 가질 이유는 없었다. 부모님 사정이 넉넉하지 않다는 것을 잘 알기도 했지만 그보다도 직장도 있는 자식에게 돈을 보태주는 일이 부모의 의무나 도리라고 여기지도 않았다. 부모님은 내게 삶을 주셨고 그 삶을 내가 혼자 감당할 수 있을 때까지 세상의 풍파를 막아주는 방파제가 되어 주기도 하셨다. 이미 그분들께 받은 건 차고 넘쳤다.

이사 후 매달 드리던 용돈을 때에 맞춰 보냈던 날, 아빠는 내게 전화를 해 이제 집 대출금도 갚아야 하니 용돈을 그만 보내라고 하셨었다. 한때는 용돈을 조금만 올려주거나 급하게 얼마를 더 주면 안 되겠냐고 물어보던 아빠였다. 대출금 때문에 통장 사정이 정말로 힘들어지면 그때부터 안 보내겠다는 말과 함께 전화를 끊었었다.

집구경을 하고 전주로 돌아가신 뒤 아빠는 내 통장에 삼십만 원을 보내셨다. 얼마 전부터 아빠는 이사하느라 돈이 많이 들 테니 얼마라도 보내주고 싶다고 말씀하시곤 했었다. 충분히 대출을 받아 돈이 부족하지 않으니 필요한 곳에 쓰시라는 말로 아빠를 말려왔지만 기어코 돈을 보내신 거였다. 다시 돈을 되돌려 드릴까 하다 감사하다고, 잘 쓰겠다는 문자를 보냈다. 지금은 아빠의 마음을 받아주는 게 아빠가 가지고 있을 부담을 덜어드리는 일이었다.

대체 우리의 삶에서 집은 무엇인 걸까? 축하한다며 연락을 주던 친구들, 이제는 결혼만 하면 되겠다며 농을 던지던 지인들, 아파트 입지나 평수와 가격을 물어보던 사람들, 그리고 용돈보다도 대출금을 먼저 갚으라는 아빠까지. 도대체 집이 무엇이기에 인생의 과업을 다 이룬 듯 축하해주고, 결혼의 조건을 달성한 듯 말하고, 내 집의 평수와 입지를 아쉬워하고, 또 도와주지 못해 미안해하는 것인지.

거실 바닥에 빗금을 긋고 있던 햇살이 점점 거실 창을 향해 뒷걸음치고 있다. 고개를 들어 창밖을 보니 구봉산 능선에 노을이 생기기 시작한다. 이 집을 처음 보러 왔을 때 거실 창밖으로 훤히 보이는 능선을 보며 그 위로 예쁘게 질 노을을 그려보았었다. 산책길에 아름답게 지는 노을을 보며 앞으로 지낼 곳이 어딘지 모르겠지만 노을이 잘 보이는 집이었으면 좋겠다는 글을 썼던 기억이 떠오른다. 여전히 집을 사고 이사를 했다는 게 실감이 나지 않는 날들이지만 퇴근 후 거실이 노을빛에 붉게 물들어가는 모습을 보고 있으니 그때의 바람은 이뤄졌다는 생각이 든다.

　여전히 삶에 있어 집이 어떤 의미인지는 잘 모르겠다. 다만 앞으로도 어디에 있든 이렇게 노을을 계속해서 볼 수 있으면, 다시는 아빠가 미안한 마음을 갖지 않으면 한다.

시간의 고리

"봄이니까 나가서 사진 찍어보자."

벚꽃과 목련, 개나리와 튤립까지, 학교 곳곳이 꽃으로 가
득하다. 기존의 텃밭을 없애고 새로 만든 정원이 학생들에
게 인기가 많다. 금요일 7교시, 학급 회의 시간에 회의는 안
하고 칙칙한 남학생들을 이끌고 정원 한가운데서 어떻게
하면 사진이 잘 나올지 구도를 잡아본다. 몇몇은 앉아 있고
몇몇은 뒤에 선다. 한 학생은 아예 바닥에 누워서 나보고 발
베개를 해달라 조른다.

타이머를 맞추고 하나, 둘, 셋.

잘 나온 사진을 골라 학급 단체 채팅방에 올리고 그중에서도 가장 잘 나온 사진을 학생들과 소통하기 위해 만든 SNS 계정에 올리며 한 해의 봄을 또 기록에 남긴다.

어떤 기시감이 든다. 작년에도 이런 사진을 찍었었다. 재작년에도, 그리고 그 전년도에도. 담임을 계속해 왔으니 십 년이 넘게 봄이 오면 꽃을, 첫눈이 내리면 눈을 배경으로 반 학생들과 사진을 찍어 왔다. 같은 계절, 다른 아이들과 찍은 사진을 SNS에 올리면 학생들이 '좋아요'를 눌러주고, 한때 나와 함께 이런 사진을 찍으며 웃고 즐기던 졸업생들은 그 시절이 그립다는 댓글을 단다. 누군가가 그리워하는 시절에 내가 함께한다는 건 무척 감사한 일이다.

하지만 가끔은 그 시간 속에 내가 갇혀있다는 생각이 들 때도 있다. 졸업 후 여러 곳에서 다양하게 자라며 더 큰 세상을 향해 달려 나가고 있는 졸업생들의 SNS 속 사진을 보고 있으면 반대로 나는 한곳에 머물러 있는 사람 같다. 나 역시 어디로든 나아가 새로운 것들을 경험하고 있어야 할 것 같지만 학교와 학생들만 달라질 뿐 매년 비슷한 한 해를 밟고 있다. 3월의 첫인사로 시작해 수업을 하고, 웃다가 화내고 달래다 다시 웃으며 추억을 쌓고, 그러다 작별의 인사로 마무리하는 그런 한 해들.

다음 세상으로 달려가고 있는 제자들의 빛나는 청춘이 대견해 웃음이 지어지지만 때로는 부러움을 감출 수 없다. 비교할 수 없는 대상에 나를 비춰보는 것일 수도 있겠으나 가만히 있어도 어떠한 가능성만으로 반짝반짝 빛이 나는 아이들을 보고 있으면 시간의 고리에 갇힌 듯한 나 자신이 측은해지곤 한다.

23살부터 28살까지 나의 주된 공간은 늘 도서관 책상 앞이었다. 책상에 앉아 교사라는 꿈을 위해 공부하던 그 시절, 많이 힘들었지만 그래도 그때는 내가 어느 곳으로 나아가는 중이라 여겼다. 그래서 궁색한 청춘을 참을 수 있었고 교사 임용 시험에 또 떨어져 작은 벤치에 앉아 눈물을 닦던 시간마저도 꿈을 이뤄가는 과정이라 다독이며 슬픔을 삼킬 수 있었다.

꿈을 이룬 나에게 이제 나아가야 할 다음은 어디일까? 교사 이외에 다른 길은 생각해 보지 않아 새로 나아갈 곳을 떠올리는 게 낯설다. 그동안 써온 글을 모아 책을 내는 일, 은 퇴 후 서점 주인이 되어 좋아하는 책들을 소개하고 동네 아이들에게 독서 교육을 하는 일을 떠올려보지만 지금으로선 너무 막연하기만 하다.

지금의 나에게 나아감은 어떤 의미일지 다시 천천히 생각해 본다. 다음 세상을 그려보고 그곳으로 달려가는 의미는 이제 아닌 듯하다. 서 있는 자리가 크게 달라지지 않아도 어느 곳으로 향하고 있는지를 알아차리는 방향의 의미, 곧 다음을 향한 나아감이 아닌 방향을 향한 나아감이지 않을까. 더 나은 방향 감각을 갖기 위해 계속해서 글을 쓰고 그러기 위해 좋은 곳을 많이 보러 다니는 일, 아름다운 문학이 그러하듯 세상의 낮은 곳에 더 많은 시선을 두는 일, 누군가에게 소중한 사람이 되고 누군가를 소중히 아끼는 일, 무엇보다 더 이상 흔들리지 않도록 단단한 마음을 갖는 일. 이런 일로 하루하루를 영위하는 것이 지금의 나에게 어울릴 나아감인 듯하다. 그러다 보면 나를 앞질러 갈 아이들에게 더 나은 방향을 말해주고 뒤에 서서 잘 가고 있는지 지그시 바라볼 수 있겠다. 한 번씩 뒤돌아 나를 찾는 아이들에게 나아가야 할 방향을 다시금 살펴줄 수 있겠다.

　이러한 나아감도 나아감이 될 수 있다면 시간의 고리에 갇혀있지 않고 고리의 한쪽을 펴 새로운 길을 만들어 가야겠다. 그러면 거창하지는 않아도 언젠가는 만족스러운 어느 곳에 서 있을 거라 믿는다. 느리고 천천히, 매일 같은 곳을 뜨는 듯 보였지만 끝맺음을 향해 한 코씩 나아가 어느 순간 조카들에게 줄 모자를 만들어 내던 어머니의 뜨개질처럼.

4월 목련

거리에서 10주기를 알리는 현수막을 보았다. 벌써 10년
이 지났다니, 한번 의식이 되자 너희를 추모하는 글들이 곳
곳에서 보였다. 자치단체나 정치인들의 홍보물에서, 출판
사나 교사들의 게시물에서 너희의 죽음은 다시 불려 왔다.

2014년은 교직 2년 차로 첫 담임을 맡은 해였다. 처음인
만큼 내 아이들은 너무나 소중했고 한없이 예뻐 보였다. 그

런 아이들과 한참을 웃고 떠들던 4월 어느 날 학생들을 태운 배가 바다에 가라앉고 있다는 뉴스가 나왔다. 별일 없겠지 하는 생각으로 교실에 들어가 아이들과 웃으며 수업을 진행하고 교무실에 돌아오니 다행히 아이들이 모두 구출되고 있다는 소식이 들렸다. 더욱 신난 마음으로 다음 수업을 위해 교실에 들어갔지만 그 뒤로는 차마 무슨 말을 해야 할지 모를 소식들만 계속 실려 나왔다.

즐겁게 수업하며 아이들을 마주하고 있을 때 너희는 턱 끝까지 차오른 바닷물을 마주하고 있었다고 생각하면 나는 아무 말을 할 수 없었다. 다가올 죽음을 실감하지 못하고 배 안에서 장난스럽게 친구들과 대화를 주고받는 너희의 목소리와 복도에서 하루에도 몇 번씩 맞이하는 내 아이들의 밝은 목소리가 겹쳐 들릴 때는 말을 잃어버린 사람처럼 침묵할 수밖에 없었다. 그 침묵의 끝에서 나는 스스로에게 질문을 던지곤 했었다. 나라면 어땠을까? 구명조끼를 양보하고 탈출 대신 아이들의 곁을 끝까지 지켰던 선생님들처럼 행동할 수 있었을까? 나는 지금도 그 질문에서 자유롭지 못하다.

3년 전 팽목항에 도착해 고작 컨테이너 몇 개로 이루어진 너희의 추모 공간을 보았을 때도 고개를 숙일 수밖에 없었다. 휑한 바닷바람에 더 적막한 너희의 자리에는 노란 리본들이 흩날리는 소리만이 채우고 있었다. 한참 바다를 바라보고 있으니 한 어르신께서 옆에 다가와 같이 바다를 바라보시다가 어떻게 왔냐며 말을 거셨다. 교사로서 아이들이 생각나서 들렸다는 말을 하자 어르신은 당시의 이야기를 들려주셨다. 작은 배의 선장이신 어르신은 배가 침몰하던 그때 몇 명의 아이들이라도 구조할 수 있을까 해서 배를 띄웠었다고 하셨다. 하지만 접근금지 명령으로 가까이 다가가지 못하고 멀리서 지켜볼 수밖에 없었다던 어르신은 옛이야기를 하나 더 들려주셨다. 광주 출신인 자신이 젊었을 무렵 회사에 취업해 신입사원 오리엔테이션에 참석했을 때 전국 각지의 사람들이 모인 자리에서 자기가 직접 목격한 5월의 광주 이야기를 꺼냈지만 몇몇이 처음 듣는 반응을 보였다고 했다. 무려 삼 년이라는 시간이 지났음에도 여전히 그 일을 모르고 있는 사람들을 만났을 때 느꼈던 당혹감을 잊을 수 없다며, 어르신은 자리를 뜨기 전 내게 한가지 당부의 말씀을 하셨다.

"선생님이라면 아이들에게 이제는 분노 대신 사실을 알려주세요. 여기에서 이런 일이 일어났었다는 사실을 아무도 모르지 않도록, 모두가 잊지 않도록 말이에요."

사실이 잊히지 않고 계속해서 전해진다면 너희는 영원히 기억되고, 그 기억이 언젠가는 분노가 끝내 바꾸지 못한 것을 바꿀 수 있다고 어르신은 생각하셨을까?

첫 담임으로부터 10년이 지난 지금은 고등학교 2학년 학생들을 가르치고 있다. 12년의 교직 생활 중 고등학교에서만 9년을, 그중 2학년 담임만 벌써 여섯 번째이니 유독 열여덟 살의 아이들과 인연이 깊다 할 수 있겠다. 더구나 올해는 수학여행을 진행하는 업무를 맡게 되어 다음 달에 있을 수학여행을 준비하느라 정신이 없다. 하나둘씩 수학여행의 정보가 공개될 때마다 아이들은 설레어 한다. 그해 4월에 너희도 이랬겠지. 새 학기의 설렘이 채 가시기도 전인 4월의 수학여행이었으니 더 큰 기대를 품고 있었겠지. 왜 하필 4월이었을까? 벚꽃보다 일찍 피고 벚꽃이 피기도 전에 지기 시작하는 목련, 너희는 그 4월에 목련처럼 세상을 떠났다. 너희의 봄은 너무도 짧았기에 청춘이란 단어를 완성하지도 못했다. 대신 매년 4월이 되면 떨어지는 목련처럼 너희의 죽음은 세상에 흩날린다.

종종 너희들의 나이를 헤아리곤 했다. 첫해가 지났을 때는 수능을 준비하는 3학년이 되어 밤늦게까지 공부하고 있을 너희를, 또 한해가 지났을 때는 대학생이 되어 캠퍼스를 누리고 있을 너희를 떠올렸다. 5년이 지났을 때는 누군가를 사랑하고 그래서 때로는 사랑의 아픔에 눈물을 흘렸을 모습을, 7년이 지났을 때는 취업 준비에 치열하게 살아가는 너희의 삶을 그려보았다. 코로나로 모두가 마스크를 쓰고 있어 누가 누군지 알아볼 수 없던 시절에는 어쩌면 너희들도 사람들 사이 어딘가에 서 있는 게 아닐까 하는 상상도 했었다.

살아있었다면 이제 스물여덟 살이 된 너희는 어떠한 삶을 살고 있을까? 누군가는 어렵다는 취업의 문을 통과하고, 누군가는 그렇지 못해 좌절에 빠져 있고, 몇몇은 이미 사회 초년생으로 세상의 쓴맛을 알아가고 있을지도. 그래, 살아간다는 건 힘든 일이지. 하지만 아무리 힘들어도 살아있지 않은 것보다 힘든 게 있겠니. 긴긴날을 괴로워하는 부모님을 보는 것보다 견딜 수 없는 일이 또 있겠니. 한때는 망자가 산자의 언어를 몰랐으면 했었다. 너희의 죽음을 비하하고, 너희의 죽음을 이용하고, 너희의 부모를 능욕하는 현실을 도저히 받아들일 수가 없었으니까. 하지만 이제 너희도 말을 가름해 들을 수 있는 나이가 됐으니 오히려 산 자의 언어를 기억해 너희를 추모하는 사람들의 목소리를 오래도록 듣기를 바란다. 여전히 너희를 잊지 못하는 수많은 이의 마음을 품어 가길 바란다.

바닷바람에 흔들리던 노란 리본의 소리와 함께 팽목항의 대화가 여전히 내 귓가에 머물러 있다. 곧 수학여행을 떠나는 아이들에게, 그때의 너희와 동갑인 아이들에게 나는 분노 대신 너희들이 세상에 있었다는 사실을 전하려고 한다. 너희의 마지막 순간을 가까이 지켜보던 어르신의 부탁을 받았으니 목련이 피고 질 때마다 너희를 부르겠다.

반복되는 일상이

우산이 되어 준다면

학년 부장님께서 오늘 학교에 나오지 못하셨다. 코로나에 걸려 자가격리를 하시고, 병세가 심해진 아버님을 간호하느라 한동안 학교에 못 나오시다 다시 출근한 지 겨우 이틀 만에 부친상을 당하셨다.

어제는 올해 첫 회식이 있었다. 그동안 코로나로 인한 사회적 거리두기가 있었고 며칠 전까지만 해도 코로나에 걸려 출근하지 못했던 선생님들도 계셔 새로 오신 선생님들을 환영하는 자리조차 마련할 수가 없었다. 이제 사회적 거리두기가 끝이 났고, 모든 선생님이 돌아왔으며, 아버님의 병세도 조금 나아진 상태였으니 부장님은 어제가 회식하기에 좋은 날이라고 생각하셨을 테다. 그렇게 4월 말이 돼서야 교무실의 첫 회식이 겨우 열렸지만 정작 부장님은 회식 도중 집에서 걸려 온 전화를 받고 먼저 일어나야만 하셨다.

바로 옆에 있는 부장님의 책상을 보고 있으니 혹시 모를 일에 회식 내내 전화기를 꼭 붙든 채 선생님들을 칭찬하며 다독이던 어제의 부장님이 떠올랐다. 부장님께서 출근을 못 하는 동안 같은 교과로서 부장님의 수업을 거의 도맡아서 하는 내게 미안하셨었는지 부장님은 내가 자주 가는 카페의 기프티콘을 보내셨었다. 어제는 그동안 고생 많았다며 술을 따라주셨고, 급히 가보셔야 했으면서도 다시 한번 고맙다는 말과 함께 대리비를 챙겨주기도 하셨다.

경황이 없는 상황에서 잠깐의 여유가 생겼을 때 자신이 챙겨야 할 사람들이 생각났을 부장님은 누군가의 아들로만 있을 수는 없었다. 그 누군가가 한때 자신의 전부였을지라도 지금은 자신을 세상의 전부로 여기는 존재가 있고, 자신이 조율해야 할 구성원들이 있으며, 자기 대신 애써주고 있는 다른 이가 있으니 그럴 수는 없었을 것이다. 모두를 신경 쓰며 지내야 하는 하루가 아직 살아가야 할 날이 더 남은 사람의 일상이며, 일상은 충분히 슬퍼할 시간을 많이 주지도 오래 기다려주지도 않는다. 그래도 반복되는 일상은 삶에서 내리는 슬픔을 조금이나마 막아주는 우산이 되기도 한다.

부장님의 책상 위에 글씨가 빼곡한 메모지와 수업 자료들, 교무 수첩 사이에 껴있는 여러 회의 문서가 눈에 들어왔다. 짧은 애도의 시간을 보낸 뒤 다시 이 자리에 앉아서 하던 일을 마저 해 나가실 부장님을 떠올리며 오늘 무슨 옷을 입고 출근했는지 고개를 숙여 확인해 봤다. 바지는 청바지지만 위에는 검은색 셔츠였다. 다행히 부장님을 뵈러 가기에 큰 무리는 없어 보였다.

2부

구름의 속도로 고요를 읊조리던

심심해지려고

가는 여행

언젠가부터 매년 겨울이 되면 혼자 여행을 다니기 시작했다. 바다와 숲 그리고 절이나 서점이 있는 곳이면 홀로 차를 끌고 며칠을 돌아다녔다.

"심심하지 않아요?"

"심심하죠. 그런데 심심해지려고 다녀요."

'심심'이라는 단어가 조금은 적절하지 않을 수 있겠지만 혼자 다닐 때만 느낄 수 있는 조용함에서 오는 심심함이 좋다. 도시보다 시골을 더 좋아해 여행을 가면 한적한 곳에서 불어오는 바람을 맞으며 혼자 서 있는 시간이 많다. 그 바람을 맞으며 해남의 갈대밭에 날아오르는 새들을, 유후인 호수의 표면을 감싸안던 새벽안개를, 백제 불교 도래지의 큰 석탑 안에서 하염없이 내리던 눈을 바라보곤 했다. 누군가와 함께 가는 여행은 사람이 기억에 남지만 혼자 가는 여행은 풍경이 남는다.

겨울바람과 함께해 더 고요한 시간이 심심하고 고독하며 때로는 사무치게 외로우나 그 시간이 내 안에 깊은 주름 하나를 새겨놓아 그 주름이 다시 펴지기까지의 여운이 길다. 그리고 그 여운은 고요와는 거리가 먼 도시의 하루에 침식되지 않고 다시 걸을 수 있게 해주는 쉼과 디딤돌이 되어준다. '어떤 여행은 돌아온 뒤에 다시 시작된다.'라는 문장 쓴 적이 있다. 그때는 끝난 사랑을 여행에 빗대어 쓴 문장이었지만 혼자만의 시간이 가득한 여행에도 잘 어울리는 말이었다.

혼자이므로 느낄 수 있는 나만의 자유가 오롯이 있다. 빠르게 가는 것보다 좋은 것들을 더 많이 보기 위해 국도를 즐겨 다닐 수 있고 눈에 담아두고 싶은 풍경이 나오면 바로 차를 멈춰 세울 수도 있다. 또 걷고 싶으면 한없이 걷고 가만히 있고 싶을 땐 오래 앉아 지나가는 것들을 지켜보기도 한다. 그러다 피곤하면 차에서 잠시 눈을 붙여도 좋다. 이렇게 언제 어디로든 가고 싶을 때 가고 머물고 싶을 때 머물 수 있는 시간을 여행하는 동안 만끽한다. 여행이 끝나고 돌아가면 내 의지와 상관없이 움직여야 하는 시간이 기다리고 있으니.

지난겨울에는 몇 년 만에 처음으로 여행을 다녀오지 못했다. 당시에는 그저 매년 가던 여행의 흐름이 끊긴 것을 아쉬워했었으나 시간이 지나고 계절이 바뀌자 일상에 기댈 수 있는 고요가 없다는 사실이 점점 크게 다가왔다. 뒤늦게 여름방학 동안 태안과 안성을 다녀왔으나 더운 날에는 시원하고 추운 날에는 따뜻한 듯 기억에 남아 있는 겨울바람이 없어 고요의 공백을 온전히 채울 수는 없었다.

다시 겨울이 온다. 올겨울에는 제주도에 가보려고 한다. 해안 도로보다 더 예쁘게 보이던 산간 도로를 내 차로 직접 다녀보고 싶어 이번에는 보길도를 들렀던 때처럼 배에 차를 싣고 갈 계획이다. 손에 익은 차로 여러 곳을 다니며 여러 풍경을 보리라.

하지만 무엇보다도 많이 바라보고 싶은 것은 나의 마흔이다. 이번 겨울에 나는 마흔이 된다. 서른이 오던 겨울은 그토록 원하던 선생님이 된 지 일 년도 안 된 시기여서 꿈을 이뤘다는 성취감에 서른을 제대로 맞이하지 못했었다.

올겨울과 함께 찾아오는 마흔은 그렇게 맞이하고 싶지 않다. 사십 대의 시작을 제대로 환영해 주고 싶다. 물론 나에게 변화는 화석이 만들어지듯 켜켜이 오랜 시간이 쌓여야 일어났었기에 나이를 한 살 더 먹는다고 해서, 여행을 잠시 다녀온다고 해서 마법 같은 변화가 일어나리라고는 생각하지 않는다. 다만 많이 고생했던 삼십 대를 잘 보내주고 앞으로 같이 더 고생해야 할 사십 대를 마중 나가고 싶을 뿐이다. 반가운 손님을 만나듯 악수를 하고 예전부터 기다려 왔다고, 우리가 어떤 미래를 같이 그려 나갈지 오랫동안 궁금해 왔다는 말을 걸어 보고 싶다.

서른한 살이 되었을 때 제주도를 혼자 다녀왔다. 폭설이 내려 유독 더 조용했던 그해, 정자 앞에서 눈을 맞으며 한참 숲을 바라보고 이호테우 해변에서 한 짝만 남은 신발을 발로 툭툭 건드리던 시간이 있었다. 거의 십 년이 지나 다시 혼자 가보는 제주도에 이번에는 어떤 심심함이 기다리고 있을지 궁금하다. 나는 또 어디에 서서 조용한 겨울바람을 맞고 있을는지. 다만 그곳이 어디든 일 년 치 겨울바람을 흠뻑 맞으며 마흔의 옆에 잘 서 보고 그 순간들을 글로 적어 오고 싶다.

이런 여행을 얼마나 더 할 수 있을지는 모르겠지만 기회가 된다면 앞으로도 심심한 시간을 보내려 한다. 삶에 지칠 때마다 눈을 감으면 뒤에서 불어와 나를 앞으로 밀어줄 그 고요한 겨울바람을 가지러 떠나고 싶다.

따순 물

"삼촌, 따순 물 좀."

이제 여섯 살이 된 조카가 따뜻한 물을 달라고 한다. 조카의 말을 듣고 한참을 웃는 삼촌을 조카는 어리둥절한 눈으로 쳐다본다. '따순 물'을 따라 주기 전에 왜 달라는지 물어보자 돌아온 조카의 대답에 다시 박장대소를 할 수밖에 없었다.

"물이 차강게."

형과 형수가 음식점을 운영하는 까닭에 할머니, 할아버지와 더 많은 시간을 보낸 어린 조카의 입에 어느새 전라도 사투리가 붙기 시작했나 보다.

"아따, 니도 인자 전라도 가스나 다 됐다잉."

정수기에서 따뜻한 물을 찬물에 섞어 주면서 '차강게'를
계속 읊조려 본다.

내가 사투리를 쓰는 사람이라는 것을 알게 된 건 당연히
고향을 떠나고 나서였다. 직장 생활을 대전에서 하게 되면
서 28년 동안 머물던 고향을 벗어나게 되었고 그렇게 처음
으로 전라도 사투리를 쓰지 않는 곳에서 살게 됐다. 하지만
고향은 나의 말을 따라 늘 나와 함께 있어 사투리를 쓰고 있
다는 걸 인식하는 순간, 그곳이 어디든 나는 잠시 전라도에
다녀올 수 있었다.

'고기'를 [괴기]라고 발음하시던 할머니께서 나를 키워
주셨던 부안. 지리산을 품고 있는, 어린 시절 역 앞에서 잠
시 살았던 남원. 대학 동기들이 많이 살고 나도 2년간 의무
경찰로 군 복무를 했었던 군산. 교생 실습을 나가 처음으로
학생들을 가르쳤던 깊은 산골의 장수. 부모님을 따라 가을
이 되면 단풍 구경을 갔었던 내장산이 있는 순창과 정읍. 사
랑하던 사람을 기다리며 읍성을 천천히 걸어 보았던 고창.

학창 시절부터 대부분의 시간을 보냈던 전주. 그리고 지금 우리 가족들이 살고 있는 완주까지.

그곳의 말은 '그랬냐잉'처럼 어미 끝에 유성음 'ㅇ'이 붙어 말끝이 부드럽게 울려 퍼진다. 또 '밥 먹었어?'처럼 짧게 끝나는 도시의 물음과 달리 '밥 먹었냐~?'같이 끝을 좀 더 길게 빼는 말투는 고층 건물이 많이 없어 쉽게 볼 수 있는 지평선을 닮았다.

대전이 속한 충청남도는 전라북도와 붙어 있어 두 곳의 사투리는 비슷한 점이 많았지만 대전은 대도시인 만큼 사투리와 어울리는 도시가 아니었고, 다양한 지역의 사람이 모이는 곳이다 보니 사람들 사이에서 나의 말이 눈에 띄는 순간들이 있었다.

여름방학 방과 후 수업을 할 때였다. 지문에 '민주주의의 의의'라는 구절이 적혀 있었고 나는 별생각 없이 늘 읽던 대로 읽었지만 내 발음을 들은 학생들이 웃기 시작했다. 예전의 조카처럼 어리둥절한 눈으로 학생들을 쳐다보자 학생들은 지문이 제대로 이해가 안 된다며 다시 읽어달라 했다. 어려운 단락도 아닌데 왜 그러느냐며 해당 문단을 천천히 다시 읽어주자 학생들은 세상에 '민주주으에 으으'라는 말이 어디 있냐고 나를 놀려대기 시작했다. 나도 모르는 사이 '민주주의의 의의'를 [민주주으에 으으]라고 읽었던 것이다. 고향인 전주에서 수업했었을 때는 어떤 학생도 나의 [ㅢ] 발음에 대해 지적한 적이 없어서 그때야 처음으로 내가 [ㅢ] 발음을 의식하지 않으면 제대로 발음하지 못한다는 사실을 알았다. 그날 집에 와서 음운론 책을 펼쳐보니 전라도 지방에서는 [ㅢ] 발음을 [ㅡ]로 발음하는 경향이 있다는 구절이 적혀 있었다. 그때 이후로 나는 'ㅢ'가 들어있는 글자를 발음해야 할 때면 살짝 긴장하는 버릇이 생겼다.

이런 일도 있었다. 몸을 의자에 기댄 채 의자를 뒤로 기울이며 수업을 듣던 학생이 끝내 중심을 잃고 의자와 함께 뒤로 넘어져 버렸다. '쿵'하는 소리와 함께 넘어진 학생을 보고 너무 놀란 나머지 "오메!"라고 외치자 학생들이 전부 크게 웃기 시작했다. 심지어 넘어진 학생도 그 상태로 웃고 있었다. 알고 보니 '오메'라는 단어를 사투리가 쓰인 시나 영상에서만 접해 봤지 전라도 특유의 억양을 살려 실제로 사용하는 사람을 살면서 처음 봤다는 것이다. 그 말을 듣고 어이가 없었지만 어찌 됐든 내 사투리가 넘어진 학생의 민망함을 덮을 수 있어서 다행이었다. 이렇게 내 사투리는 낯선 고장에 오자 그 존재감을 드러내기 시작했고 나는 사투리를 쓰는 국어 교사가 되어 있었다.

때때로 낯선 고장 속 내 사투리는 나를 외롭게 만들었다. 눈이 차에 꽤 쌓여 있던 밤, 일행에게 "눈이 솔찬히 내렸네요."라고 말했지만 '솔찬히' 때문에 일행은 내 말을 온전히 이해하지 못했었다. '솔찬히'의 뜻을 설명해 주면서 내가 타지에 살고 있다는 걸 다시금 알게 되었다. 한번은 영화〈곡성〉이 개봉했을 때였다. 미스터리와 스릴러를 잘 그려낸 영화답게 긴장의 연속이었지만 한 번씩 웃음이 새어 나오면서 반가운 마음이 들었다. 영화 속 대부분의 인물이 전라도 사투리를 사용해 우리 큰엄마와 똑같은 억양을 쓰는 인물이 있는가 하면, 옷을 가져다주며 아버지에게 잔소리하는 아이의 말투가 우리 가족과 너무 비슷했기 때문이다. 두 시간이 넘는 동안 생생히 들리던 익숙한 말들은 극장을 나오자 더 이상 들리지 않았다. 그날은 유독 나에게서 자연스럽게 사투리를 끌어내는 사람들과의 대화가 그리웠었다.

　오랜만에 고향 친구들과 시간을 보내다 한 친구가 유독 내가 사투리를 심하게 쓴다고 말 한 적이 있다. "그냐?"라고 대수롭지 않게 넘어갔지만 그 말이 내심 듣기 좋았다. 한국을 떠나 외국에 나가 있는 한국인이 한국말을 잊지 않으려고 노력하는 것처럼 나 역시 내 고장의 말을 잊지 않으려 하기 때문이다. 그것은 나를 길러준 사람을, 자라오며 봐온 풍경을, 내가 지내온 시간을 잊지 않겠다는 말과도 같다.

　이맘때면 붉게 물들어가는 감나무가 있던 부안 할머니 집을. 지금도 있을지 모를 남원역 앞의 긴 가로수 풍경을. 군산의 시원하면서도 짠 내 나던 바닷냄새를. 사람을 홀리게 만들던 내장산의 빨강을. 함께 나고 자라 학교 선후배 사이 이전에 모두가 이웃사촌이었던 장수의 아이들을. 사랑하는 이를 기다리며 고창 읍성에서 봤던 노을을. 웃고 울던 청춘을 거의 다 보낸 전북대학교 교정을. 그리고 지금 우리 가족을 품어 주고 있는 완주의 햇살을.

무섬마을에서 울다

사실 처음 영주로 향한 이유는 부석사를 가보고 싶어서였
다. 배흘림기둥이 예쁘다는 그곳. 좋은 책 속에 좋은 명소
로 소개되어 있다는 것을 알고 있었지만 다녀와서 정말 좋
았다는 친한 형의 말까지 듣자 몇 달 내내 마음속에 부석사
를 품고 지냈다. 하지만 정작 나를 울린 곳은 부석사의 기둥

이 아닌 무섬마을의 한 고택이었다.

  무섬마을에 가까워지자 내성천이 먼저 반겼다. 마을을 한
적하게 감싸 흐르는 내성천에는 누군가가 양보해 줘야만
다른 이가 다리를 건널 수 있는 긴 외나무다리가 놓여 있
었다. 내성천 왼편으로 펼쳐진 고택들은 카페나 숙박업소
로 바뀐 곳도 있었으나 옛 모습을 그대로 지키며 여전히 사
람이 사는 집으로서 그 존재를 이어가는 곳이 더 많았다.
  아석 고택도 그런 집 중 하나였다. 사람이 사는 집이라 차
마 안으로 들어가지는 못하고 대문 앞을 구경하며 서성이
다 실례를 무릅쓰고 살짝 고개를 넣어 집 안을 들여다보니
마당 너머 안채에서 TV 소리가 작게 들려왔다. 누군가 베
개를 머리에 고이고 조용한 오후를 즐기는 모습을 상상해
보았다. 그때 익숙한 냄새가 났다. 고추나 마늘이나 메주 등
이 따스하게 말라가며 나무 기둥과 흙벽에 오랜 세월 스며
든, 시골집 특유의 냄새였다. 이런 냄새가 나던 할머니 집
에서 같은 냄새를 풍기시던 할머니의 사랑을 받고 자란 만
큼 오랜만에 맡아보는 이 익숙한 냄새가 무척 반가웠지만

오래 고개를 넣고 있으면 안 될 것 같아 발걸음을 돌려 고택 골목으로 걸어 나왔다.

그 순간 눈물이 나오기 시작했다. 반가움인가? 그런 감정은 아니었다. 정체 모를 눈물이 당황스러워 지나가는 관광객들을 피해 한쪽 돌담으로 숨었고 한참을 운 후에야 눈물의 정체를 알 수 있었다. 잊고 있었다는 미안함, 아니 잊고 있었다는 사실조차 모르고 있던 나에 대한 자책이 나를 울게 했다. 짧은 순간에도 알아챌 만큼 얼마나 익숙한 냄새였던가. 그리고 그 익숙함 만큼 얼마나 사랑했던 냄새였던가. 하지만 할머니가 돌아가시고 그 집이 헐린 지 몇 년도 되지 않아 나는 내가 이 냄새를 알고 있는 사람이라는 사실조차 잊고 있었다. 나를 반기던 목소리와 나를 살찌우던 음식들, 나이가 서른을 넘어도 언제나 어린 강아지 보듯 나를 바라보던 눈동자. 할머니의 큰 사랑을 손주 중에서는 제일 많이 받았다고 자만하던 나는 이렇게 할머니의 일부를 하나 더 잊은 채 지내왔다. 손수건으로 눈물을 훔치다 이렇게 돌아서면 언제 또 이 냄새를 맡게 될지 몰라서, 어쩌면 이번이 마지막일 수도 있겠다는 생각에 아석 고택으로 되돌아갔다. 그리고 이 냄새를 다시 잊게 되더라도 내가 할머니의 냄새를 맡고 자랐다는 사실은 잊지 않기 위해 대문 안으로 가만히 머리를 넣고 할머니의 유품을 챙기듯 냄새를 깊게 들이마셨다.

할머니, 당신은 이렇게 또 저를 위해 현현하셨군요. 어떨 때는 맛으로, 또 어떨 때는 감촉으로. 그리고 이번에는 냄새로. 타지에 또 홀로 여행을 간 손주가 신경이 쓰이셨던 건가요? 이제 곧 마흔을 바라보고 있지만 당신에게 전 여전히 어린 강아지일 테니까요. 할머니 덕분에 오늘은 외롭지 않게 무섬 마을을 구경할 수 있었습니다. 그럼 오늘처럼 우리가 다시 만날 날을 기다리고 있겠습니다.

마을을 한 바퀴 돌고 차로 돌아가는 길에 무섬마을을 소개하는 안내판을 만났다.

'무섬마을은 지리적으로 고립되어 있었다. (…) 그러나 사상은 자유로운 마을이다. 조선 시대에는 양반과 농민이 함께 공부하였고, 일제 강점기에는 항일 운동의 본거지로 양반과 상민, 남녀노소의 구별 없이 민족교육을 실시했던 아도서숙이 있었다. 6.25 전쟁 때에는 좌익과 우익이 공존한 마을이었다.'

　　그날 무섬마을이 따뜻하게 느껴졌던 이유는 냄새 때문만이 아니었다. 그곳은 예전부터 따뜻한 곳이었다.

기억의 안부

。

"성현이냐?"

나를 부르는 소리가 들렸다. '성'과 '승'이 섞인 듯한 전라
도 발음과 세월에 살짝 갈라져 있는 목소리. 이제는 아무도
살지 않아 폐가가 되어가는 당신의 집에 오랜만에 발을 들

여놨을 때 부엌에서 어린 손자가 왔는지 확인하는 당신의 목소리가 분명히 귀에 들렸다.

"밥을 하도 안 먹으려고 해가꼬 '이거 먹으면 에미 온다, 이거 먹으면 애비 온다' 해야 겨우 밥을 받아 먹는디, 야가 샘키지는 않고 입에만 쟁여 넣고 있다가 재채기라도 하면 오메, 밥알이 입에서 다 튀어 나가 밥상 앞에 있는 장롱에 싹 다 붙었버렸어잉"

나도 모르는 어릴 적 이야기를 들려주던 당신. 더 이상 들려줄 사람 없는 그 이야기도 당신과 함께 땅에 묻혔다.

살아오신 삶에 비해 너무 작은 봉안묘 앞에 섰을 때 당신의 음성이 바람에 섞여 다시 들려왔다.

"우리 강아지 왔냐? 밥을 많이 묵어야제, 삐쩍 말라 가꼬."

네, 할머니. 서른 훌쩍 넘은 강아지, 할머니 보러 오랜만에 부안에 왔어요. 그리고 저 살 좀 쪘어요. 그러니 이제 걱정하지 않아도 돼요.

김치와 고기를 아낌없이 넣어 엄마 요리보다 훨씬 더 맛있던 김치찌개의 냄새.

더운 여름이면 나를 무릎에 눕혀 부쳐주던, 그러다 한 번씩 내게 부딪히던 부챗살의 감촉.

우리 강아지가 커서 선생님이 되어서 장하다고, 고생만 한 네 아버지한테 잘하라고. 손자보다 당신의 자식을 더 사랑하던, 항상 조금은 젖어 있던 눈빛.

당신에게서 비롯된 나의 감각이 당신을 떠올리게 할 때가 있다.

∘∘

수업 준비를 위해 집에서 가져온 전공 서적을 오랜만에 펼치자 나만을 사랑한다고 적혀 있는 포스트잇이 속지에 붙어 있다. 조금은 뒤로 기울어진 익숙한 글씨체다. 교무실 책상의 연필꽂이에서 리필이 가능해 안쪽이 열리는, 오래된 수정테이프를 꺼내 본다. 수정테이프를 열어보자 작은 포스트잇이 모습을 드러낸다. 같은 글씨체의 두 포스트

잇은 어느새 교무실 책상을 대학교 독서실 책상으로 바꿔
놓는다.

　독서실에서 당신과 함께 공부할 때면 칸막이 너머로 포스
트잇이 슬쩍 넘어오곤 했었다. 그 포스트잇에는 공부에 지
친 나를 응원하거나, 사랑을 다정히 속삭이거나, 때로는 요
즘은 왜 편지가 뜸하냐는 투정이 적혀 있었다. 어느 날 당
신은 수정테이프를 빌려 가더니 그 안에 작은 포스트잇을
넣어 두었다. 포스트잇에는 '난 당신을 지우지 않겠소'라고
적혀 있었다. '않겠소'라는 표현을 쓴 걸 보니 아마도 그때
당신은 높임법 중 하오체를 공부하고 있었나 보다.

　아무것도 모른 채 영원한 사랑을 말하는 두 포스트잇의
글씨체가 당신의 목소리를 불러온다. 당신의 목소리가 이
번에는 당신의 미소를 불러온다. 당신의 미소는 당신의 웃
음을 불러오고, 당신의 웃음은….

　종소리가 울린다. 독서실은 사라지고 노트북과 교재, 온

갖 서류가 놓인 교무실 책상만이 놓여 있다. 복도에는 벌써 쉬는 시간을 즐기러 나온 학생들의 목소리가 가득하다.

예상치 못한 흔적이 한 번씩 당신을 떠올리게 할 때가 있다.

ㅇㅇㅇ

내 곁으로 나뭇잎이 떨어질 때,
베란다의 커튼이 물결을 일으킬 때,
펼쳐진 책장이 어느새 넘어가 있을 때,
그럴 때면 미처 떠올리지 못한 기억들이 나를 지나 어딘가를 가고 있는 듯하다.

그러다 누군가 날 부르는 소리나 내 어깨를 '톡'하고 건드리는 감촉에 뒤돌아봐도 아무도 없을 때면 아름다웠던 기억들이 많은 곳을 돌아다니다 문득 옛 생각이 나서 나를 찾아와 안부를 건네고 있는 기분이 든다.

　내게 안부를 건네던 그 기억들은 지금쯤 어디를 향해 가고 있을까?

　가끔은 그 기억들이 내게 안부를 물어봐 주기를 바랄 때가 있다.

갈대와

바람만이

흐르는

  스무 살, 신입생이 되어 캠퍼스에 적응하기에도 정신없던
어느 날 〈현대 소설의 이해〉를 가르치시던 교수님이 문학
기행을 과제로 내셨다. 과제에는 현대 소설과 관련된 어느
곳이든 상관없으나 대신 혼자 떠나야 한다는 조건이 있었
다. 수강생 대부분이 이제 겨우 성인이 된 직후였기에 혼자
여행을 떠나라는 교수님의 말에 강의실이 술렁거렸다. 지
금 생각해 보면 별거 아닌 일이지만 당시에는 지금처럼 핸
드폰 하나로 많은 정보를 실시간으로 확인할 수 없던 시절
이어서 대부분 여행지를 결정하는 것보다 어떻게 가야 하

는지가 더 난감했다. 나 역시 혼자 떠나는 여행에 대한 부담으로 처음 계획했던 날에서 한 주가 더 지난 후에야 집을 나서 전주역으로 향할 수 있었다. 가방에는 소설 한 권, 노트와 펜, MP3 플레이어와 작은 디지털카메라가 전부였다. 홀로 플랫폼에 서 있던 순간까지도 마음이 편치 않았지만 막상 다가오는 기차를 보았을 때는 설렘과 호기심이 가득해졌다. 부모님이나 형 없이 떠나는 여행은 어린 시절에 상상만 하던 탐험을 떠나는 느낌이었다. 기차표에 적힌 도착지는 순천,『무진기행』의 배경이자 김승옥 작가가 자란 곳이며 당시 작은아버지께서 살고 계시던 곳이었다. 순천은 그렇게 홀로 떠나는 나의 첫 여행지가 되었다.

작가의 모교를 방문한 후 죽도봉에 올라 낯선 도시를 내려다보았다. 처음 보는 이 도시는 긴 천을 품은 채 조용히 누워 있었다. 천변이 다음 천변으로 이어지는 내 고향과 달리 이곳의 천변에는 끝이 있다고 했다. 천변의 끝, 그곳은 순천만이었다. 할머니 댁이 있던 부안을 다니며 서해를 주로 보고 자란 내게 순천만은 생의 첫 남해였다.

갯벌이 펼쳐진 바다와 소설 속 뿌연 안개를 상상하며 버스에서 내렸건만 정작 나를 맞이한 건 광활하게 펼쳐진 갈대들의 흔들림이었다. 묵은 갈대의 갈색과 새로 난 갈대의 초록이 섞인 갈대밭은 부안을 오가며 보곤 했던 김제평야를 닮아 있었다. 하지만 평야 뒤에도 평야가 펼쳐져 있는 그곳과 달리 순천만은 자기 등에 바다를 업고 있었다. 당시는 본격적인 관광지로 조성되기 이전이었으므로 순천만은 지금보다 덜 인위적이었고 별다른 입구 없이도 들어설 수 있었다.

갈대를 만지며 걷고 또 걸으며 노래를 듣기도, 친한 형과 통화를 하기도 했다. 형이 내게 어떤 시를 썼냐고 물어본 기억이 있는 것으로 보아 순천만에서 시를 쓴 것 같기도 하지만 남아 있기는커녕 무슨 내용인지도 생각나지 않는다. 아마 문학기행에 왔다는 들뜬 기분과 드넓은 풍경에 취해 아무런 흔적조차 남기지 못한 글 몇 자를 썼었나 보다. 대신 대열을 이루어 흔들리던 수많은 갈대와 그 갈대의 흔들림으로 자기 모습을 선명하게 보여주던 바람은 기억 속 한 편에 선명히 남아 있다. 안개의 희미함 대신 갈대의 고요함을 마주한 나는 흙바닥에 엉덩이를 깔고 갈대와 바람이 주고받는 움직임을 오래 지켜보았다. 한적한 그곳에서는 시간이 아닌 갈대와 바람만이 흐르고 있었다.

갈대가 노을빛을 받아 더욱 붉어질 때쯤 멀리서 낯선 소리가 들려왔다. 낯선 풍경 속 낯선 소리는 바람을 타고 멀리까지 흩어졌고, 흩어진 소리 끝을 물고 다시 낯선 소리가 바람을 타고 내게 다가왔을 때쯤 그 소리는 익숙한 소리로 바뀌어 들렸다. 갈대밭 반대쪽 멀리 조카를 데리러 온 작은아버지께서 내 이름을 부르고 있었다.

마지막으로 갈대밭을 바라보고 작은아버지를 향해 뒤돌아 달려가던 순간, 어쩌면 갈대와 바람이 내게 말을 걸고 있었는지도 모른다. 훗날 너는 나를 보러 몇 번을 더 이곳에 올 거라고, 지금이 시작일 뿐 앞으로 홀로 이곳저곳을 여행하는 삶을 사랑하게 될 거라고.

순천, 내 여행의 고향. 내가 전주의 말씨를 끝내 버리지 못하고 있듯 이후 나의 여행지는 주로 순천만의 갈대밭처럼 고요함과 한적함을 가지는 곳이었다.

여행 전에는 귀찮은 과제를 내준 교수님에 대한 불만이 가득했으나 막상 떠나고 보니 미지의 즐거움이 펼쳐있었다. 어쩌면 교수님은 스무 살이 된 우리에게 추억을 선물하고 싶었던 게 아니었을까? 특별한 시기라고 수없이 들어왔지만 정작 특별한 일 없이 보내는 스무 살들이 대부분이었으니 그 시절을 먼저 지나온 사람으로서 스무 살이라는 짧은 시기에 낭만을 더해주고 싶으셨을지도 모른다. 사람이 추억을 먹고 사는 존재라는 걸 알게 될 즈음, 자신의 스무 살을 떠올렸을 때 특별하게 떠먹을 수 있는 추억 만들어 보기가 그 과제의 궁극적인 목적이었다는 생각을 해 본다.

이후로도 사랑하는 사람과 순천만 정원을, 유학을 떠나는 친구와 향일암을, 동료 선생님들과 갈대밭을, 때로는 홀로 작은 서점들을 찾아 순천을 다녀왔다. 그때마다 순천은 자신이 가진 소중한 곳을 하나씩 꺼내주었고 지난여름에는 천변에서 물놀이를 하는 사람들을 보여주었다. 사람들이 도시의 천변에서 물놀이를 하는 풍경이 너무나 오랜만이어서 깜짝 놀랐기도 했지만 이내 1급수의 물이 흐른다는 안내문을 볼 수 있었다. 부모와 자녀가 서로에게 물을 끼얹는, '하늘에 순하는 곳(順天)'이라는 이름에 어울리는 그 모습을 성남교에서 지켜보다 만약 전주나 대전이 아닌 다른 곳에서 살아야 한다면 그곳은 하늘도, 하늘 아래 풍경도, 그 풍경에 살아가는 사람들도 모두 순해 보이는 순천이었으면 했다.

스무 살로부터 이십 년이 지난 지금, 순천과 나는 조금씩 변해 있지만 순천에는 여전히 내가 좋아하던 풍경이 살아 숨 쉬고 있다. 그리고 그 풍경에는 나의 이십 대와 삼십 대의 추억이 남아 있어 순천을 찾아갈 때마다 과거의 나를 만날 수 있다. 마흔 살이 된 올해, 또 한 번 순천을 찾아가 그때의 과제만큼은 아닐지라도 한 번씩 떠올릴 수 있는 무언가를 갈대 사이에 두고 오고 싶다.

마음 지불

◦

　어느새 초등학교에 입학하는 둘째 조카에게 책가방을 선물해 주기 위해 조카들과 함께 가방을 골라보았다. 최근 상어에 푹 빠진 조카는 상어가 잔뜩 새겨진 가방이 마음에 들었는지 다른 건 잘 보지도 않았다. 밤이 되면 상어 그림이 형광으로 빛난다고 하니 사고 예방에도 좋아 보였다. 같이 온 첫째 조카가 아직 표현이 서툰 동생을 대신해 동생의 취향과 생각을 중간에서 전달해 주었다. 형과 나의 어린 시절을 보는 듯했다. 세 살 터울의 형은 나를 살뜰히 챙겼었고 지금도 한 번씩 운전 조심하라는 문자를 보내곤 한다. 둘째 조카는 벌써 가방을 메고 있었다. 초등학교에 입학할 때 가방을 사주지 못한 첫째 조카에게 미안한 마음이 들어 첫째가 좋아하는 캐릭터 장난감도 함께 사줬다. 두 살 터울의 남매가 등하교를 함께하는 모습을 그려보며 서로가 서로에게 소중한 존재가 되기를 바랐다.

  ◦◦

  친구가 곧 한 아이의 아빠가 된다. 아이를 위한 선물은 이미 많이 받았을 것 같아 제수씨에게 드릴 만한 선물을 생각해 봤다. 내가 아는 사람 중에 최고의 사랑꾼이니 아내가 좋아하면 친구도 덩달아 좋아할 것이다. 우리 집에 놀러 와 집에 있던 장식품을 보고 자기 아내도 이런 소품을 좋아한다던 친구의 말을 떠올려보면 제수씨는 아기자기한 물건을 좋아하는 듯했다. 오래전에 봐둔 장식용 모빌이 떠올라 소품 가게에 들렀다. 시간이 조금 흘러 걱정했지만, 다행히도 모빌은 상점 한쪽에 여전히 자기 자리를 지키고 있었고 심지어 종류도 더 많아졌다. 묘한 호박빛이 돋보이는 모빌을 고르고 라탄 퀼트 장식도 함께 집었다.

며칠 후에 만난 친구는 걱정과 설렘이 가득한 얼굴로 병원과 산후조리원도 알아보고 이런저런 육아용품을 구매하느라 하루가 빨리 지나간다고 했다. 준비한 선물을 건네며 직접 조립해야 하는 모빌이니 실수하지 말라는 말을 덧붙였다. 제수씨 취향에 맞을까 걱정이 들었지만 다음날 아내가 너무 좋아한다는 친구의 연락을 받고 나니 안심이 됐다. 라탄 퀼트 장식은 지금 한창 꾸미고 있는 아이의 방 입구에 달 예정이라는 문자를 보자 아이에게 사랑을 듬뿍 줄 친구의 모습이 눈에 선했다.

∘∘∘

순천을 향해 여행을 떠났다. 원래는 남해로 갈 예정이었지만 이왕 남도로 가는 길이면 아는 동생도 만나볼 겸 동생이 일하는 미술관과 가까운 순천에서 여행을 시작하기로 했다. 마지막 순천 여행은 5년 전 미국으로 공부하러 떠나는 친구와 함께였다. 그때 샀던 브로치는 아직도 모자에 달려있고 동행했던 친구는 미국에서 결혼을 했다. 순천에 도착했지만 동생이 퇴근할 때까지 시간이 남아 독립 서점을 들러 보았다. 예상보다 컸던 서점은 순천을 기념하는 물건들도 팔고 있었고 그중에는 지난 순천 여행 때 샀었던 촛불 받침대도 있었다. 여러 종류가 더 생겨 있었지만 예전에 샀었던 모양과 똑같은 받침대로 두 개를 골랐다. 하나는 곧 이사하는 동문 후배 선생님에게, 또 하나는 연말이라고 디퓨저를 선물해 준 지인 선생님에게 선물할 생각이었다.

일을 마치고 퇴근한 동생이 맛집이라고 데려간 곳은 2차를 위해 자리를 옮길 필요가 없을 정도로 맛집이어서 우리는 가게가 문을 닫을 때까지 밀려 있던 많은 이야기를 나눴다. 일 때문에 먼 타지에 내려와 있는 동생은 직장과 사람에 마음고생을 많이 하고 있었다. 살도 많이 빠져 있었는데 그나마 다시 좀 찐 상태라고 했다. 지금 동생에게는 맛있는 음식을 사주며 들어주는 게 최고의 선물일 듯했다. 세상을 향한 욕설과 마음 좀 편히 살아보자는 말로 작별 인사를 대신

하며 택시를 태워 동생을 보냈다.

여행을 다녀온 뒤 촛불 받침대를 드릴 두 선생님을 다 같이 만나 선물을 건넸다. 다행히 두 분 다 마음에 들어 했고 후배 선생님은 부산 여행을 갔을 때 사 온 열쇠고리를 꺼내 우리에게 하나씩 건넸다. 새 학기가 시작하면 학급 열쇠에 열쇠고리 달고 인증 사진을 보내기로 우리는 약속을 했다.

° ° ° °

이렇게 선물을 고를 때 얻는 설렘을 마음껏 즐긴 2월이었다. 그 설렘은 선물을 해주는 내가 역으로 받는 선물이다. 아무리 상대의 취향을 고려한다 해도 사실 어느 정도는 고르는 사람의 마음에도 들어야 하는 것이 선물이다. 그러다 보면 너무 내 취향을 많이 반영한 건 아닌지 하는 걱정이 들기도 한다. 이런 걱정은 선물을 살 때 돈과 함께 들어가는 별도의 지불이다. 하지만 돈과 달리 상대가 좋아하는 모습을 보면 그 '마음 지불'은 나에게 기쁨으로 환불된다. 그것도 배로. 이런 점이 선물을 하게 만드는 가장 큰 매력이다. '선물(膳物)'의 드릴 선(膳)에는 착할 선(善) 자가 포함되어 있고 선(善) 자에는 '착하다'라는 의미 외에도 '좋다, 소중히 여기다'의 뜻도 함께 있다. 선물이 주는 설렘과 기쁨을 생각해 보면 '선물'이란 단어에 '선(善)'이 들어 있는 이유를 알 것 같다.

우리 집 곳곳에 있는 선물들을 바라본다. 이 선물들을 고르며 고민했을 순간을 생각하면 선물보다 그 마음이 더 고마워진다. 내가 여전히 선물을 보며 기뻐하고 있다는 사실을 선물을 해줬던 이들이 알아주었으면 한다.

3월에도 선물할 일이 많았으면 좋겠다. 선물할 일이 생긴다는 것은 누군가에게 축하나 기념해야 할 일이 생긴다는 것이고 위로나 응원이 필요할 순간에 내가 함께할 수 있다는 것이니까.

내 돌 위에 포개질

수덕사로 올라가는 길에는 조형물이 많았다. 아마도 이응
노 화백의 흔적이 있는 수덕여관이 수덕사 아래에 있는 영
향이 아닌가 싶었다. 조형물의 평평한 곳마다 사람들은 돌
탑을 쌓아 놓았다. 조형물뿐만 아니라 수덕사에 다녀간 사
람의 수를 대변하듯 절 안팎에도 수많은 돌탑이 여기저기
자리를 잡고 있었다. 절에 와서 부처님께 절을 하고도 못다
한 소원이, 혹은 부처님께는 차마 말할 수 없는 소원이 사람
들에게 하나씩은 있었나 보다.

절에서 내려가는 길에 나도 돌 하나를 주워 사람들이 쌓

아 올린 돌탑 위에 소원 하나를 올려보았다. 특별한 것 없는 우리처럼 높이 쌓이지 못하고 고작 돌 몇 개의 높이로 옹기종기 모여 군락을 이룬 돌탑들. 이들은 이렇게 오랜 시간을 거쳐 오가는 사람들을 통해 생겨났을 것이다.

　차를 몰고 태안의 한 서점에 들렀다가 운여 해변을 향해 가는 길에 안면암을 가리키는 표지판과 마주쳤다. 하루에 두 곳의 절은 들르고 싶지 않아 다음을 기약했던 곳이지만 아무도 없는 거리에서 만난 표지판이 반가웠고, 이곳에서 멀지 않음을 알려주는 표지판의 숫자를 쉽게 외면할 수 없었다. 운여 해변을 잠시 뒤로 밀어둔 채 안면암으로 차를 돌렸다.

　안면암 앞의 갯벌에는 탑이 하나 있었다. 태안 기름 유출 사고 후 태안(泰安)이 그 이름처럼 이 다시금 편한 곳이 될 수 있기를 바라는 마음에 불자들이 직접 만들었다는 부상탑은 밀물 때는 물 위로 뜬다고 한다. 물때가 썰물이어서 물 위로 뜬 탑의 모습은 볼 수 없었지만, 대신 갯벌을 통해 탑까지 걸어갈 수 있었다. 가까이에서 본 부상탑은 세월과 바닷바람에 의해 온전치 않은 모습이었다. 더구나 전문가가 아닌 사람들이 만들었으니 그 맺음새도 완전하지는 않았다. 다만 오히려 그 허술함에서 평범한 사람들의 진심이 모여있음을 알 수 있었다. 탑을 한 바퀴 돌아보자 한쪽에 돌탑을 쌓을 수 있는 곳이 마련되어 있었다. 사실 돌탑은 부상탑 앞의 비스듬한 암석해안에도 많이 놓여 있었다. 심지어 넓적한 돌이 암석에 홀로 덩그러니 놓여 있기도 했었다.

돌탑 하나에 세 개에서 다섯 개 정도의 돌이 쌓여 있으니 몇백 개의 소원이 이 바다에 놓여 있는 셈이었다. 우리의 삶에는 왜 이리 빌어야 할 소원들이 많은지. 그 소원들은 모두 다 이루어졌을까? 행여나 소원이 이루어지기도 전에 바닷바람에 돌탑이 쓰러지면 안 될 텐데. 그러고 보니 여기의 돌탑들은 어떻게 바닷바람을 견디고 있는 걸까? 이런저런 생각에 돌탑들을 바라보다 그 생김새가 새삼스럽게 눈에 들어왔다.

돌 위에 놓여 있는 돌. 돌탑은 누군가가 놓은 돌 위에 다른 돌을 올려놓을 때 완성된다. 이는 누군가의 소원이 있어야만 자신의 소원을 빌 수 있다는 것, 곧 한 소원이 다른 소원에 기대고 있다는 의미이다. 특별한 것 없는 우리지만 이렇게 옹기종기 모여 서로에게 어깨를 빌려주며 내 소원도, 네 소원도 모두 이루어지기를 바라는 마음이 돌탑의 모습이었다.

좀전의 수덕사에서 누군가의 돌 위에 내 돌을 올려놓았던 일이 떠올랐다. 그때 나는 어떤 돌을 올려놓았던가. 작고 둥근 돌, 다른 돌 위에 올리기는 쉽지만 그 위에 다른 돌을 올릴 수는 없는 돌이었다. 누군가의 소원에 기대어 내 소원을 빌었으면서도 다른 이가 소원을 빌 수 있도록 자리를 내어주지는 못했다. 어쩌면 암석 위에 홀로 놓여 있던 넓적한 돌도 누군가가 그 위에 편히 소원을 빌 수 있게 한 마음이었을지도 모른다.

허리를 숙여 넓적한 돌을 골라 홀로 있던 돌을 향해 돌아갔다. 그 돌 위에 나의 돌을 포개니 돌탑이 만들어졌다. 내 돌 위에 포개질 누군가의 소원도 꼭 이루어지기를, 손님처럼 방문한 안면암에서 이런 소원을 빌고 운여 해변으로 떠났다.

감각의

소유

자주 가는 서점에서 진행하는 필름 카메라 사진전 모집 포스터를 보았다. 필름 카메라를 제대로 사용해 본 적이 없었지만 평소 핸드폰으로 풍경 사진을 자주 찍어 왔던 터라 그 경험을 믿고 호기롭게 사진전에 참여했다. 하지만 핸드폰과 필름 카메라는 사진 촬영에 대한 접근 방식부터 사뭇 달랐다.

핸드폰으로는 피사체를 큰 화면으로 보고 찍은 결과물을 바로 확인할 수 있었지만, 손가락 한 마디도 안 되는 필름 카메라의 좁은 창으로는 풍경이 어떻게 담길지 예상할 수 없었다. 또 여유롭게 여행을 다니며 아름다운 풍경을 사진으로 남기던 날들과 달리 다가오는 마감 날짜와 줄지 않는 필름 컷 수에 초조하며 적절한 풍경을 찾으러 다니는 날들이 이어졌다. 덕분에 처음으로 사진을 찍기 위한 여행을 떠나기도 했다.

한편 사진을 찍으러 다니던 날들 사이사이에 온라인 글쓰기 모임에 올릴 글을 위해 일주일에 한 편씩 글도 써야 했다. 오랫동안 글을 써왔고 글쓰기도 모임도 이미 몇 번 해봐서 별 고민 없이 모임을 신청했었지만 글을 주기적으로 쓰는 편이 아니었던 내게 일주일이라는 마감 기한은 꽤 빠른 속도였다. 마감 시간을 얼마 안 남긴 채 힘겹게 글을 올리기가 일쑤였고 어떤 때는 일단 올려놓고 다음 날까지 퇴고를 계속하기도 했다. 더구나 쓰고 싶은 내용이 떠올라야만 글을 써오던 습관 때문에 일주일 내내 글감이 떠오르지 않을 때면 습작 노트를 뒤져 쓰다만 글을 찾아보거나, 생각만 해

놓고 글로 쓰지 않은 소재들을 기억 속에서 끄집어 겨우 한 편의 글로 완성하기도 했다.

그렇게 찍거나 쓰고 싶은 순간을 맞이하기 위해 두 달이라는 시간 동안 모든 감각을 열어두며 지냈다. 보고 듣고 느끼는 대상들에서 의미 있는 순간을 붙잡기 위해 애썼고, 혹시라도 놓친 건 없는지 지나간 날들을 복기하기도 했었다. 물론 담고 싶은 순간은 드물게 찾아왔고 열어둔 감각으로 피로만 들어오는 날들이 더 많았었다.

인화된 사진 중에는 빛이 부족하거나 과하게 들어온 것이 있었고 심지어 손가락이 나온 사진도 있었다. 또 수평과 초점이 맞지 않은 사진들도 있어 큰아버지와 달리 사진작가가 되기에는 글러 먹었다는 생각이 들었다. 글쓰기도 마찬가지였다. 긴 분량도, 복잡한 소설도 아닌 짧은 수필임에도 주기적으로 의미 있는 순간을 붙잡고 이를 글로 풀어내는 감각이 부족하다는 사실을 여실히 깨달은 시간이었다. 직업인으로서 시인이 되려면 시를 습관적으로 쓸 줄 알아야 한다고 했던 어느 시인의 말을 떠올리며 나는 전업 작가도 되기 어렵겠다고 생각했다. 그래도 액자에 담길 한 장의 사진과 엽서로 만들어질 세 장의 사진을 고르며 처음 겪어보는 종류의 설렘을 느낄 수 있었다. 또 드물게 글을 올리던 블로그에 주기적으로 글을 담아내며 부지런하게 글을 쓰는 사람의 행세도 할 수 있었다.

하지만 무엇보다도 열어둔 감각에 의미 있는 순간을 채워 두 달의 시간을 촘촘히 보낼 수 있어서, 그 시간을 사진과 글로 남겨둘 수 있어서 행복했다. 찰나의 의미를 붙잡는 건 힘을 많이 쏟는 일이었지만 붙잡고 나면 오랫동안 남을 아름다움이 기다리고 있었다. 나에게 주어진 감각을 온전히 소유하며 살았던 날들. 앞으로도 감각을 뜰채 삼아 일상 안의 의미 있는 순간을 잘 건져내어 오래 남을 아름다움으로 담아내고 싶다.

한밤의 십자가

.

　새벽 두 시, 잠이 오지 않아 오랜만에 고향 집 근처를 걸어 보았습니다. 학창 시절부터 이십 대까지 자란 곳이지만 타지 생활이 익숙해지다 보니 이제는 조금씩 낯설어지더군요. 밤하늘에는 빨간 십자가가 홀로 빛나고 있었습니다. 우리나라만큼 저녁에 십자가를 많이 볼 수 있는 나라도 드물다는 농담이 떠올랐지만, 이 밤 혼자가 아닌 듯한 기분에 한밤에 십자가의 불이 이렇게 켜져 있는 것도 나쁘지 않아 보였습니다. 새벽의 서성임 또한 어느 시의 한 구절처럼 저를 넘어 '더 크고 높은 것'*의 뜻이라 생각하니 마음이 편안해지기도 했습니다.

기댐의 의미를 생각해 봅니다. 내가 기울어져도 무언가가 나를 받쳐줄 거라는 믿음. 신은 너무 멀리 있으니 살아 있는 동안 저는 사람을 믿고 기대겠습니다. 빨간 십자가가 되어 서로의 밤을 비춰주며 살았으면 좋겠습니다.

—
* 백석,「남신의주 유동 박시봉방」

남해의 고요

  오랜만의 남도 여행이다. 이 년 전에는 해남에서 보길도
를 거쳐 완도를 갔었다면 이번에는 순천에서 시작해 남해
를 지나 통영과 진주를 다녀볼 예정이다. 해안 도로를 한참
가다 보면 남해는 잠시 바다를 가린 채 산길로 나를 안내한
다. 그 안내를 따라 굽이굽이 이어진 길을 달리며 운전을 즐
기고 있으면 어느새 산과 나무에 가려져 있던 바다가 다시

얼굴을 비추며 안녕이라 말한다. 이렇게 바다가 보이지 않더라도 어딘가에서 나를 바라보고 있을 바다의 시선에 기댈 수 있어 외롭지 않은 곳이 남도이며, 사라졌다 나타나는 바다와 '안녕.'과 '안녕?'을 반복하다 보면 어느새 목적지에 도착하는 과정이 남해의 여행이다.

보리암은 바위산 언덕에 있다. 좁고 긴 암자는 몇 걸음 물러 대웅전과 불상을 바라보게 하고 뒤돌아서는 불상이 바라보는 시선을 따라가게 만든다. 그 시선에는 능선으로 이어진 산과, 산 대신 자리 잡은 섬과, 섬을 삼킨 바다가 담겨 있다. 해 질 무렵의 안개가 만든 겨울 어스름은 바다의 푸르름과 어울려 장관을 이루고, 암자 옆에 있는 절벽의 거대한 바위들은 바다를 바라보며 묵묵히 합장하는 승려 같다. 불상의 시선이 향한 풍경과 합장을 하는 바위들. 보리암은 그렇게 절을 찾아온 이들이 고개를 숙이고 자신들이 이곳에 어떤 마음으로 왔는지를 되돌아보게 한다.

보리암의 겨울은 조용하다. 소란스러운 곳은 오직 사람이 모인 곳뿐, 멀리 있는 바다와 바람이 불지 않는 숲도 자신의 소리를 죽인 채 타지에서 온 여행자를 지켜보고 있다.

보리암에서 나는 고요로 목욕을 한다. 그 고요가 오래오래 내 몸에 남아 있기를 바라며 물기를 닦지 않은 채 숙소로 발길을 돌린다.

　나의 겨울 여행은 고요를 찾아가는 여정이다. 서점과 절, 바다와 산을 다니며 묵은 때처럼 몸에 쌓인 소음을 긁어내다 고요가 적막해지면 일상으로 되돌아간다. 여행이 적막에 묻혀버리면 더 이상 즐겁지 않다. 겨울이 끝나고 봄, 여름, 가을이 차례대로 지나면 고요는 서서히 그리움이 되고, 그 그리움으로 끙끙 앓다 다시 겨울이 오면 차에 짐을 싣고 떠날 채비를 한다.

　여행지를 떠나고 시간이 지나면 특정한 순간이나 감각이 그곳과 하나 되어 기억된다. 영광은 조용히 내리는 눈으로, 진도는 따뜻한 부드러움으로. 이번 여행에서 남해는 고요가 온전하게 머무는 곳으로 기억에 남을 듯하다. 사위가 소란스럽고 마음이 복잡해지면 눈을 감고 불상과 함께 바라보던 풍경을 떠올리리라. 처마 끝을 지나가는 구름의 속도로 고요를 읊조리던 남해를.

우리는

함께

읽고 있다

수학여행 업무 담당자로서 몇 달을 정신없이 바쁘게 보내다가 드디어 2박 3일의 수학여행 인솔이 끝난 날, 풀어진 긴장감으로 집에 돌아오자마자 쓰러지듯 잠들었었다. 다음 날 역시 아무것도 못 하고 누워서 5월의 햇살만 바라보다 휴일 이틀째가 돼서야 겨우 피로가 풀려 오랜만에 여유 있게 서재에 앉을 수 있었다. 바쁜 일상에 미뤄두었다가 다시 펼친 최진영 작가의 『이제야 언니에게』는 중반을 넘어서자 인상 깊은 내용과 문장들을 쏟아 내기 시작했고, 덩달아 나도 문장들에 밑줄을 긋고 페이지 끝을 살짝 접기에 바빴다. 몰아치는 문장들 사이에서 호흡을 조절하기 위해 잠시 책에서 눈을 뗐을 때 마침 서점 '오케이 슬로울리(okay slowly)'의 대표님인 다혜 님께 연락이 왔다. 이틀 전 서점에서 열린 '고명재 시인과의 만남' 행사 영상을 유튜브에서 열람할 수 있다는 안내 문자였다. 그리고 이어서 온 문자에는 다혜 님이 시인께 보낸 이메일의 내용 일부가 담겨 있었다.

　작년 여름 오케이 슬로울리에서 작은 독서 모임이 열린다는 공지가 올라왔었다. 4명이 모여 각자 준비해 온 책을 읽은 후 책을 소개하며 감상을 나누는 자리였다. 이미 작은 독서 모임을 운영하고 있던 나로서는 이런 자리의 즐거움을 잘 알고 있었고, 무엇보다 내가 좋아하는 공간에서 독서 모임이 열린다는 사실이 반가워 공지를 보자마자 바로 신청했었다. 그때 챙겨간 책은 고명재 시인의 『너무 보고플 땐 눈이 온다』로 오랜만에 마음에 드는 산문집을 만나 아껴 읽던 중이었다.

'너는 능히 할 거야.

선하게 클 거야.

너는 오래 아름다움을 말하게 될 거야.'[*]

그날 사람들에게 소개한 이 구절은 어머니 같은 비구니 스님께서 어린 시절의 시인에게 해주셨다는 말이었으나 앞으로도 꾸준히 글을 쓰고 싶은 내게 용기를 북돋아 주는 응원의 말처럼 들리기도 했다. 다혜 님도 이 책이 마음에 드셨는지 서점에 들여놓았고 덕분에 진하게 읽은 책을 만날 수 있었다는 연락을 주기도 하셨었다. 그러다 이번 5월에 시인을 초청하여 이야기를 듣는 자리까지 마련이 되었지만 행사가 수학여행에서 돌아오는 날과 겹쳐 아쉽게도 참석할 수 없었다. 이런 나의 아쉬움을 헤아리셨는지 다혜 님은 행사를 녹화한 영상을 그날 참여한 사람들뿐만 아니

[*]   고명재, 『너무 보고플 땐 눈이 온다』, 난다, 2023

라 참여하지 않은 내게도 공개해도 되는지 시인께 이메일로 물었고, 그 이메일의 일부 내용이 내게 보낸 문자에 담겨 있었다.

메일에서 다혜 님은 시인께 행사에 참여하지 못했지만 영상을 공유받았으면 하는 사람으로 나를 소개하고 있었다. 다혜 님이 시인의 산문집을 처음 알게 된 인연과 내가 행사에 오지 못한 이유, 그리고 독서 모임 때 내가 소개했던 문장까지 모두 글에 담겨 있었다. 바쁜 와중에도 나를 잊지 않고 챙겨주시는 마음을 보자 시인과의 자리에 나도 함께 참석한 기분이 들었다.

감사의 답장을 보내고 손에 놓은 소설책을 다시 집다가 최근 최진영 작가의 책들을 즐겨 있던 내게 『이제야 언니에게』를 소개해 준 사람이 다혜 님이라는 사실이 떠오르자 책으로 이어지는 인연이 새롭게 느껴졌다. 서로가 소개한 책으로 우리는 서로에게 의미 있는 시간을 가질 수 있었다.

얼마 전에는 오케이 슬로울리에서 책을 읽다 학생을 만났다. 수학여행 때 함께 걸으며 들려준 서점 이야기를 잊지 않고 찾아온 학생이었다. 반가운 인사와 함께 잠시 대화를 나누고 우리는 서로의 자리에서 조용히 책을 읽었다. 짧게 지나간 이야기를 잊지 않고 멀리서 온 제자가 기특해 집에 가기 전『너무 보고플 땐 눈이 온다』를 꺼내 속지에 간단한 메모를 적고 소개하고 싶은 문장이 적혀 있는 페이지의 끝을 접어 선물로 사주었다. 며칠 후 제자는 책에 인덱스 플래그를 잔뜩 붙인 사진과 함께 글이 정말 좋아 돌아오는 주말에 한 번 더 읽을 거라며, 책을 선물해 주셔서 감사하다는 메시지를 보내왔다. 이후로도 제자는 서점에 종종 들르는지 직접 만들어 내게 선물로 준 액세서리와 똑같은 액세서리가 서점 SNS 계정에 올라오기도 했다.

서점과 책은 천변 위에 놓인 큰 돌 같다. 누군가는 그저 놓여 있는 돌로 보겠지만 그 위를 밟고 건너는 이에겐 서로를 연결해 주는 징검다리가 된다. 다혜 님과 나 그리고 제자까지, 서로 다른 시간과 공간에 있었지만 우리는 함께 책을 읽고 있었다.

처서(處暑)

퇴근을 하려고 건물 밖으로 나오자 공기가 눅눅하지 않았다. 어제가 처서였다는 동료 선생님의 말이 떠올랐다. 처서가 되기가 무섭게 날씨가 변한 걸 보면 더위가 식어 처서가 온 건지, 처서가 돼서 더위가 물러간 건지 모르겠다. 다만 오랜 세월 계절의 흐름을 느끼고 느껴 시간에 알맞은 이름을 지어준 그 누군가의 섬세함이 놀라울 뿐이다. 온종일 세워둔 차 안의 온도 역시 뜨겁지 않았다. 계절의 습관대로 에어컨을 켰다가 창문을 열어보고는 도로 에어컨을 껐다. 창문으로 불어오는 바람이 싫지 않아 오랜만에 선루프까지 활짝 열어보았다.

   고등학교 1학년 때였을까? 에어컨 바람은 싫고 자연의
바람이 좋다고 말씀하시던 선생님이 정작 한여름이 되자
스탠드형 에어컨 앞에서 셔츠를 펄럭거리며 서 있던 모습
이 떠올랐다. 그때는 친구들과 키득키득 웃으며 선생님을
비웃었었지만 이제는 너무 더우셔서 그랬을 거라고, 자연
의 바람을 더 좋아한다는 말은 진심이었을 거라는 생각이
든다.

   평소에도 운전을 좋아하지만 터널이 나올 때까지 창문을
열고 달리는 오늘, 운전이 더 재미있었다. 바람에 흩날려 흐
트러지는 머리도 어차피 집으로 가는 길이니 상관없었다.
그러고 보니 요즘 밤에 베란다 창문만 열어 놓아도 서늘해
서 에어컨이나 선풍기를 틀지 않아도 됐었다. 요란한 소리
가 사라진 자리에는 이름 모를 곤충 우는 소리가 멀리서부
터 찾아와 자리 잡고 있었다. 오늘은 집에 가서 책도 좀 읽
고 그동안 미뤄왔던 필사도 해야지. 계절의 변화는 이렇게
무엇인가를 하고 싶게 만든다.

하지만 정작 시원한 공기와 곤충 우는 소리에 책을 읽다 보니 마음이 이상해진다. 이건 괜한 마음일까? 길어진 소매와 조금은 두꺼워진 옷을 몸에 여밀 때 한 해도 여미기 시작해야 하는 거라면 나는 아직 가을을 맞이할 준비를 하지 못했다.

아직 처서라 이르지만 내게서 떠난 것들과 남은 것들을 생각해 본다. 또 두고 온 것들과 가져온 것들도. 작은 추억이라도 있으면 물건 하나 쉽게 버리지 못하는 내게 올해는 유독 떠나보낸 것과 두고 온 것이 많았다. 새삼 무거워서 털어내고 싶었고 내 감정을 연기하며 지내고 싶지 않았다. 떠나가는 것들을 지켜보지만 말고 따라가 볼 걸, 무겁다고 두고 오지만 말고 잠시 내려놓았다 다시 들고 걸 그랬나 하는 생각이 한 번씩 들기도 했지만 모든 것은 내 선택이었으니 이제 와서 후회하지 않기로 했다. 내가 아는 나는 끝내 마음 가는 대로 하는 사람이고, 그러지 않으면 계속 끙끙대는 사람이니까. 덕분에 올해 나를 더 잘 알게 되었고 나의 그런 점들이 때로는 낯설었지만 이 역시 나의 일부라고 인정하고 감내하며 봄과 여름을 보냈다. 순순히 인정하는 것들이 늘어나는 것 보니 나이가 들어가고 있긴 하나 보다. 춘추(春秋), 계절의 변화로 나이를 달리 표현하는 것이 이해된다.

　다가올 가을과 겨울에 또 무엇을 떠나보내고 무엇을 가져가게 될까? 이제는 조금이라도 더 남기기를, 두고 가는 것보다 가져가는 것이 많아지기를 바랄 뿐이다.

　유독 비가 많이 내렸던 여름이었다. 세상을 다 잠기게 하려는 듯 인정사정없이 쏟아지던 날들. 하지만 언제 그랬냐는 듯이 하늘은 한 걸음 물러서 높아져 있었고 밤은 더 다가와 깊어지고 있었다. 차에 의자를 싣고 좋아하는 홍성의 바닷가에서 노을을 바라보기에 좋은 시기이다. 또 타종 시간 맞춰 비암사에 가면 범종 소리와 함께 해가 지는 풍경도 볼 수 있을 것이다. 이번 가을 우선 노을 사진부터 많이 남겨야겠다.

나를 부르는

그 말의 방식으로

°

'내가 원래 좀 느리잖아.'*

노래 〈스물〉을 들으면 한 사람이 떠오른다. 나에게 '조금
은 늦는 사람'이란 말을 해주던 사람. 생각이 많아 선택도
결정도 그리고 후회도 늦게 하는 내게 그 말은 딱 맞는 표
현이었다.

"그렇지만 그게 또 마음에 들어. 신중한 거니까."

그러니 조금 늦어도 곁에만 있으라던 사람. 그때는 우리
의 속도가 잘 맞는다고 생각했었다. 하지만 사실 나는 우유

---

* 정준일, 〈스물〉, LOVE YOU I DO, 2019

부단했고 우리의 속도가 맞았던 이유는 언제나 그 사람이 나를 기다려주었기 때문이었다.

뭐든지 느려서 사람에게 마음을 주는 것도 느리다. 쉽게 마음을 여는 편도 아닐뿐더러 열려고 해도 상대의 마음을 먼저 신경 쓰며 머뭇거리기만 한다. 그러다 보니 지금까지 나와 친한 사람들은 고맙게도 내게 먼저 다가와 준 사람들이 대부분이다.

친한 형과 등산 약속을 잡을 때도 며칠 전에 조만간 같이 등산을 하자고 말을 나눈 상태였지만 몇 번을 고민한 후에야 연락할 수 있었다. 형에게 이번 주말에 갈 수 있냐고 물어본 뒤 바쁘면 괜찮다고, 괜히 저 때문에 무리하지 말라는 메시지도 같이 보냈다. 혹시라도 주말에 바쁘거나 푹 쉬고 싶으면서도 나를 위해 가는 거라면 내 마음이 편치 않기 때문이다.

"형도 네 핑계 좀 되면 안 되냐?"

형의 답장이 왔다. 네 덕분에 이번 주말 형도 운동을 미루지 않게 됐다며 등산 코스를 몇 개 보내주며 골라보라고 했다.

며칠 전에는 지인에게서 근 일 년 만에 연락이 왔다. 삶을 여행처럼 살자는 라디오의 사연을 듣다 문득 여행을 좋아하는 내가 행복하게 지냈으면 좋겠다는 생각이 들어 연락을 하게 됐다는 지인에게 고마운 마음과 부러운 마음이 동시에 들었다. 아마 나였다면 생각이 났어도 멀리서 행복을 빌어주기만 했을 뿐 연락은 어려워했을 것이다. 나에게는 없는 지인의 용기에 더 크게 감동한 밤이었다.

주변 사람들에게 이렇게 한 번씩 연락이 올 때가 있다. 잘 지내는지, 힘든 일은 없는지, 주말에 어딜 다녀왔는지. 반면 나는 연락을 먼저 잘하지는 않는다. 생각은 많이 하지만 내 연락이 쉬고 있는 그들의 시간을 방해하는 건 아닌지 걱정부터 한다. 돌이켜 생각해 보면 사람들의 연락이 나의 쉼에 마침표를 찍은 적은 없었다. 오히려 마침표가 아닌 쉼표들이었다. 문장과 문장을 연결해 주는 쉼표처럼 내 안부를 묻는 그들의 연락은 내 쉼을 다른 쉼으로 이어주곤 했다. 그런데도 여전히 느리고 머뭇거리기만 하는 나다.

°°

집들이에 오는 손님들을 위해 어떤 선물을 해줄지 고민하다가 학교 앞의 꽃집에 들러 작은 꽃다발 다섯 개를 주문했다.

"형수님, 제수씨, 여자친구에게 가져다드려요. 오늘 늦은 시간까지 노는 거 허락받느라 힘들었을 텐데 집에 가서 꽃다발을 드리며 점수 좀 따세요."

다섯 명의 남자는 꽃다발을 보고 이걸 어떻게 들고 가야 할지, 어떻게 줘야 할지 쑥스러워하는 눈치였지만 막상 집에 갈 때는 꽃다발이 구겨지지 않도록 조심스럽게 챙겼다. 그 모습들이 하나같이 사랑스러웠다. 잠시 후 집에 도착했는지 하나둘 고맙다는 연락이 왔다. 한 답장에는 나에게 '낭만적인 사람, 그래서 더 가까이 두고 싶은 사람'이라 적혀 있었다. 낭만적이라는 말은 내가 종종 듣는 말이다.

'이름난 화가가 되지는 못했어도 기본적으로 아름다움에 굉장히 민감하게 반응하는 여자였다. 아내를 만나기 전까지는 그런 사람 곁에 있으면 얼마나 삶이 풍요로워지는지 알지 못했다. 한번 산책을 하면 열몇 가지 아름다운 장면을 발견했다.'**

정세랑 작가의 『피프티 피플』에서 가장 좋아하는 구절이다. 내가 낭만적이라는 말을 듣는 까닭은 어쩌면 나 역시 조금은 아름다움에 민감하게 반응하는 사람이기 때문이겠다. 운전을 하거나 길을 걸을 때, 심지어 퇴근 후 집에 돌아왔을 때도 아름다운 풍경이 많이 보였다. 그런 순간을 만나면 핸드폰을 꺼내 사진을 찍거나 메모장에 문장으로 남겨 둔다. 가끔 일행들에게 무얼 그리 찍느냐고 핀잔을 듣기도 하지만 특정 순간의 아름다움을 다시 만나는 일은 매우 드물다는 걸 잘 알고 있기에 그 순간의 아름다움을 놓치고 싶지 않다. 덕분에 내 핸드폰에는 풍경 사진과 썼다가 묵혀둔 메모들이 쌓여 있다.

얼마 전 수능을 앞둔 우리 반 학생들을 위해 떡볶이를 사

** 정세랑, 『피프티 피플』, 창비, 2016

주려고 분식집에 전화를 걸었다가 사장님의 친절하고 따스한 말에 기분이 좋아져서 같은 교무실 선생님들께 한껏 신난 채로 이런 일이 있었다고 말했었다. 그때 동료 선생님께서 내가 예전에 들려드린, 친절을 겪은 경험담을 꺼내시면서 내게 그런 일이 많이 일어나는 것 같다는 말을 꺼내셨다. 그 말을 듣고 웃으며 고개를 끄덕이긴 했지만 나는 알고 있었다. 나뿐만이 아니라 모두에게 아름다운 순간은 자주 일어난다는 것을. 다만 그 아름다움을 지나치지 않고 마주할 수 있는 시선을 가져야 그 순간을 자신의 삶에 가져올 수 있다.

○○○

크리스마스가 한 달 앞으로 다가온 지금, 이번 크리스마스에는 오랜만에 카드를 사야겠다. 생각이 느려 말보다 글이 편한 나니까 짧은 글이라도 써서 소중한 사람들에게 서툴게나마 내 마음을 표현해야겠다. 다 큰 성인들에게 보내는 크리스마스카드라면 조금은 낭만적일까? 그렇다면 사람들이 나를 부르는 말들로, 그 말의 방식으로 앞으로도 지금처럼 내 곁에 있어 달라고 말해야지. 도통 속을 알 수 없는 나를 좋아해 줘서 고맙다는 말과 함께.

필요한 온도

접히는 스마트폰의 액정이 고장 났다. 오랜만에 방문한
서비스센터에서는 날씨가 추우면 액정이 살짝 얼어 있을
수도 있으니 겨울만큼은 휴대폰을 조금 천천히 열어보기
를 권유했다. 센터에서 나와 핸드폰을 천천히 펼쳐보았다.
추운 날씨에 갑자기 열어서 그랬다니, 닫혀있는 마음을 빠
르게 열려고 하면 쉽게 금이 가는 사람의 마음 같아 괜스레
미안해졌다.

맞잡은 두 손의 온도일까, 입을 오므려 부는 입김의 온도일까. 누군가의 마음을 열어보려 할 때 필요한 온도를 머릿속에 그려보다 괜히 옷깃을 여미었다.

내가 아는 아름다움을

다 나누고 싶은

노을을 보러 종종 들리는 바닷가를 당신들과 함께 가게 되었습니다. 그곳을 누군가와 함께 가는 것은 처음이었고 내게는 정말 아름다운 곳이지만 당신들에게는 어떨지 몰라 설렘과 동시에 걱정도 컸습니다.

바닷가보다 먼저 들린 상화원을 당신들은 좋아했습니다. 마음이 조금 놓였습니다. 이곳의 아름다움을 느낄 수 있는 사람이라면 앞으로 우리가 마주할 노을도 마음에 들어 할 테니까요. 차를 타고 바닷가를 향하는 동안 흘러나오는 노래를 따라 부르는 당신들의 목소리를 들으며 비로소 마음이 편안해져 당신들의 노랫소리에 가만히 내 목소리를 더해보았습니다.

이른 시간에 도착한 바닷가는 휑해 보였고 예전과 달리 사람들도 많아져 다시 마음이 조마조마해졌습니다. 다행히 해가 지기 시작하자 바닷가는 고요해졌고 수평선은 발그레한 볼을 가진 아이의 모습을 띠기 시작했습니다. 당신들에게 보여주고 싶었던 노을은 이날 유독 더 아름다웠고, 그 노을을 가만히 눈에 담고 있는 당신들도 아름다웠습니다.

혼자 왔을 때와 달리 많은 감정을 느껴야만 했습니다. 하지만 이곳에 다시 혼자 올 때면 오히려 그때의 내가 어색하게 느껴질 만큼 노을과 당신들 덕분에 나의 하루까지 함께 아름다워졌습니다. 내가 아는 아름다움을 다 나누고 싶은 날이었습니다.

3부

이번 겨울 당신의 첫 문장

밑줄

　자신이 좋아하는 작가라며 당신은 내게 책을 건넸죠. 밑
줄을 그어도 되냐는 물음에 당신은 괜찮다고 말했어요.
　당신이 두 눈으로 천천히 쓸어 내려갔을 글자들을 이제
내가 더듬어 내려가고 눈길이 머무는 곳에 밑줄을 그어봐
요. 언젠가 당신이 이 책을 다시 읽게 된다면 당신은 내가
그은 밑줄들에 눈이 가겠죠. 그럼 내 생각이 나겠죠.

　누군가 우리가 무슨 사이냐고 묻는다면 나는 당신의 책에
밑줄을 긋는 사이라 하겠어요.

안녕의

절반

　해는 사라지기 전에 노을을 선물하고 노을은 하늘에 색을
선물한다. 파란 하늘은 서서히 빨개지다 잠시 보라색이 되
고 언제 그랬냐는 듯이 순식간에 색을 잃는다. 긴 기다림 끝
의 짧은 이별이다. 그래서 그럴까? 어린아이를 보면 미소가
저절로 지어지듯 노을을 보고 있으면 안녕이란 단어가 떠
올라 한때는 노을을 수집하러 다닐 때마다 지는 해를 보며
안녕의 인사를 함께 보내곤 했었다. 노을에게, 때로는 어딘
가에 있을 당신에게.

지금 사는 곳은 아파트의 가장 위층이라 구봉산으로 지는 해가 잘 보인다. 굳이 노을을 수집하러 다니지 않아도 퇴근 시간만 잘 맞으면 소파에 앉아 노을을 볼 수 있다. 오늘도 소파에 비스듬히 앉아 지는 해를 보다 오랜만에 노을을 향해 안녕을 보내고 싶어졌다. 누구에게 보내는 것인지는 알 수 없었지만 읽어줄 사람은 없어도 글을 쓰고 싶은 마음처럼 그저 안녕이란 말을 반복했다.

안녕. 안녕. 안녕.

같은 단어를 반복하다 보니 문득 안녕이란 말이 낯설어졌다. 마치 한국어를 처음 배우는 사람처럼 안녕을 다시 천천히 발음해 보았다.

안, 녕.

편안할 안(安)에 편안할 녕(寧), 작별의 인사말이자 아무탈 없이 편안한 상태를 일컫는 말. 그동안 바다에서, 산에서, 지평선이나 건물 너머에서 내가 보낸 수많은 안녕을 떠올려보니 그때의 안녕은 작별의 인사말로 더 큰 그리움을 불러오는 말이었다. 어쩌면 안녕이란 인사 뒤에 돌아올 더 큰 그리움을 마주하고 싶지 않아 넘어가는 해에 슬며시 안녕을 담아 해와 함께 보냈을지도 모른다.

　오늘은 안녕에 남아 있던 절반의 의미를 담아 아무 탈 없이 편안한지, 한때 내가 떠나보냈던 안녕들에게 보냈다.

　안녕하냐고, 나는 안녕하다고, 당신도 안녕하기를 바란다고.

　노을이 순식간에 졌다. 노을이 진 자리에는 건물들의 불빛이 대신하고 있었다. 안녕의 절반이 잘 갔을는지. 혹시나 아직 받지 못한 안녕이 있을까 어두워진 방안에 노을을 그리듯 스탠드를 켰다.

어른의 걱정

　놀이터에서 미끄럼틀을 탈 때 바지에 얼룩이 질 걱정을 하기 시작하면 어른이 된 거라고 당신은 말했었습니다. 긴 시간이 지나 그때보다 더 나이가 든 우리는 무엇을 또 걱정하며 살고 있을까요? 우연히 당신이 나보다 더 어른이 되었다는 소식을 들었습니다. 아무런 걱정 없이 살 수는 없을 테니 차라리 당신이 '미끄럼틀을 탈 때 바지가 물들면 어떻게 하지'와 같은 걱정만 하며 지내기를 바랍니다.

　그때의 미끄럼틀도 잘 있습니다.

사선(斜線)

'같이 있고 싶어요. 나는 공부를 하고 당신은 내 옆에서 책을 읽거나 일기를 쓰면 좋을 것 같아요.'

늦은 연락에 당신은 좋은 생각이라며 이틀 치 짐을 싸서 내게 와주었다.

저녁, 멀리서부터 여기까지 와주는 당신을 그려 보며 집 앞으로 마중을 나갔다. 나를 발견하고 비상등을 켠 채 천천히 다가오는 당신의 차를 향해 손을 흔들어 보았다. 이 밤 당신은 안상학의 시처럼 이마에 불을 밝히고* 이곳까지 달려와 주었을 것이다. 멀리서 기다리는 내가 쓸쓸하지 않게.

* 안상학, 「밤기차」, 『오래된 엽서』, 천년의 시작, 2003

당신의 차에는 믹서기가 있었고 비닐봉지에는 토마토가 있었다. 미소가 번졌다.

　탁자를 책상 삼아 나는 읽고 있던 책에 밑줄을 그었고 그 옆에서 당신은 일기장에 하루를 적었다. 그 일기장에 무엇이 적힐지 궁금했지만 물어보지는 않았다. 그곳에 내가 적히지 않을지언정 당신은 지금 내 옆에 있으니까, 그걸로 충분했다.

　이튿날 밤에는 거실에서 함께 책을 읽었다. 배를 대고 바닥에 누운 나를 당신은 베개 삼아 누웠고 나는 그동안 사놓고 읽지 못한 책을, 당신은 내 책장에서 마음에 드는 책을 꺼내어 읽었다. 내 등에 느껴지는 당신의 체온이 오히려 따뜻하게 느껴지던 그 밤, 책 넘기는 소리가 우리 사이에 화음을 넣어주고 있었다.

　문득 장식대 위에 있던 꽃이 활짝 피어 있는 것이 보였다. 며칠 전 내가 없는 동안 고맙게도 내 방을 청소해 준 당신에게 선물로 준 꽃다발에서 당신이 두어 송이를 꺼내 화병에 꽂아둔 꽃이었다.

"언제 저렇게 피었지?"

"줄기를 사선으로 잘라 놓아서 그래. 저래야 꽃이 물을 흠뻑 먹고 빨리 피어."

그럼 그만큼 빨리 지는 것이 아니냐는 물음에 당신은 그건 아니라고, 오히려 더 오래 간다고 대답했다.

웃으면서 말하는 당신을 보다가 빠르게 커지는 나의 마음에 종종 '왜?'라고 묻는 당신의 질문에 대한 대답이 여기 있다는 생각이 들었다. 당신이 보여주는 행동들과 들려주는 말들이 나를 사선으로 잘라 놓은 것이었다.

시선을 다시 책으로 돌리며 사선으로 잘린 내 마음이 당신의 말처럼 물을 많이 먹어 오래오래 먼 곳까지 흘러가길 바랐다.

프리즘

숨겨진 자기 모습을 알게 해주는 것 중 사랑만 한 것이 있을까? 많은 색이 모여 하나의 빛을 이루고 있음을 알려주는 프리즘처럼 사랑은 자신도 몰랐던 수많은 모습을 비추어준다. 그래서일까, 사람은 사랑을 하고 나면 많이 달라진다.

표현이 많았던 형 때문인지 어린 시절 엄마는 늘 나에게 잔정이 없는 아이라고 했었다. 나 역시 자신을 그렇게 여겨 그런 줄 알고 지내왔지만 20대 초, 첫 연애를 하게 되면서 우리 형제에게 닮은 점이 하나 더 있음을 알게 됐다. 내 안 어디에 그런 살가운 표현들이 잘도 숨어 있었는지 나조차 궁금했을 정도였다.

사랑에 서툴렀을 때는 사랑으로부터 알게 되는 나의 새

로운 점들을 받아들이는 데 익숙하지 못했다. 상대의 색을 읽어가는 것에도 급급한 나머지 나의 새로운 색들을 제대로 바라볼 여유가 없었다. 심지어 밝은색만 골라보려 했었고 어두운색은 부정하거나 가리고 싶어 했었다. 가린다고 사라지는 것이 아닌데도 여러모로 미숙했던 나는 사랑과 사람을 아프게 했었다. 몇 번의 사랑을 반복한 후에도 여전히 비치는 색들을 보며 밝은색들은 감사하게 여기기로 했고 어두운색들은 인정하기로 했다. 그렇게 나는 나를 알아갈 수 있었다.

물론 지금도 나의 색들을 모두 잘 알고 있다거나 그 색들에 완전히 익숙해진 건 아니다. 어느 정도 다 알고 익숙해진 줄 알았다가도 새로운 사랑을 마주하면 그 사랑은 내 안에서 처음 보는 색을 끄집어내었고 어떤 색들은 여전히 낯설게만 보였다. 또 어떤 사랑은 내 안의 밝은색을 더 진하게 해주었고 어두운색은 연하게 해주어 나를 계속 변화시키기도 했다(그런 사랑은 오래도록 기억에 남는다).

사랑은 우리에게 색으로 된 나이테를 그려준다. 그 나이테에는 진해서 쉽게 눈에 띄는 색이 있는가 하면 어떤 색은

연하지만 결코 외면할 수 없는 것도 있다. 또 새로 생겨 선명한 색과 오래되어 바래진 색들도 함께 있다. 이런 나이테를 지닌 채 우리는 새로운 사랑을 찾아 나선다. 서로가 가진 나이테를 보여주는 프리즘이 있다면, 그래서 나와 가장 비슷한 색을 가진 사람을 쉽게 알아볼 수만 있다면 얼마나 좋을까? 하지만 나무의 나이테를 보려면 밑동을 잘라야 알 수 있는 것처럼 색의 나이테는 사랑을 비춰줘야 그려진다. 우리는 사랑하기 전까지 상대의 색을 쉽게 알 수 없다.

얼마 전 퇴근길에 맑은 하늘에 뜬 무지개를 보았다. 사진을 찍기 위해 차를 한쪽에 멈춰놓고 길가에 내려 봤지만 사진 속 무지개는 두 눈으로 본 것만큼 선명하지 않았다. 어쩌면 그 무지개가 누군가가 다른 누군가에게 보여주는 색으로 된 나이테였을 수도 있었겠다. 수줍게 자신의 색을 저 하늘에 비추며 고백을 하고 있었을지도 모른다. 옛부터 뜻밖에 무지개가 생기는 그런 날을 호랑이 장가가는 날이라고 했었으니까. 늦었지만 그 고백을 응원한다. 당신의 색이 더욱 아름답게 빛이 나기를.

다녀올게

o

영화 〈김종욱 찾기〉에서 한기준은 첫사랑을 찾아주는 사무실을 차리게 되고 첫 손님으로 온 서지우의 첫사랑 '김종욱'을 찾아주기 위해 노력한다.

전국의 김종욱을 찾아다니며 많은 시간을 함께 보내던 둘은 어느 날 시골 산장에 있다는 김종욱을 찾아 무박 2일의 여행을 떠난다. 하지만 또다시 허탕. 헛걸음을 하고 돌아온 뒤 기준은 지우를 직장으로 보내주며 "잘하고 와요."라는 말을 건넨다. 무심코 알았다고 대답하며 걸음을 떼던 지우는 한 박자 늦게 뒤돌아서 "네? 어디를요?"라고 되묻는다. 머쓱한 기준은 뒤풀이를 안 할 거냐며 물어보지만 지우는 우리가 무슨 M.T 다녀온 줄 아냐며 면박을 주고 가던 걸음을 마저 뗀다. 하지만 이내 곧 뒤돌아서 기준이 기다릴만한 작은 술집을 알려주고 나서야 직장으로 들어간다.

그때 기준이 지우를 보내면서 한 말은 '잘해요'가 아니라 '잘하고 와요'였다.

∘∘

보냄과 동시에 또 다른 만남을 기약하는 말 '다녀올게'. 이 말은 참 예쁘다.

태어날 때부터 둘인 사람이 어디 있을까? 대신 우리는 태어날 때부터 말뚝을 하나씩 가지고 태어나는데 자라면서 그 말뚝을 박을 만한 곳을 찾아 헤맨다. 그러다 믿음이 가는 사람을 발견하면 그 말뚝을 서로의 삶에 박고 그 사람을 자신의 또 다른 축으로 삼는다. 축의 일부가 상대에게 있기에 떠날 때 다시 돌아갈 곳을 상대로 여기고, 상대도 내 품을 되돌아올 곳으로 여길 때 우리는 서로에게 '다녀올게'라는 말을 한다. 그렇게 서로는 서로에게 돌아갈 집과 같은 존재가 되고, '다녀올게'는 떠나는 이의 뒷모습이 마지막이 아니게끔 해준다.

작별의 인사를 건넨 상대가 다시 나에게 돌아온다는 것, 그래서 우리가 다시 만날 일이 당연하다는 것. 이는 얼마나 큰 행복인가.

○○○

내 눈을 바라보고 처음 '다녀올게'라고 말하던 당신의 모습을 떠올려 본다. 그 말을 들은 나는 떠나는 당신의 뒷모습을 보고도 불안하지 않았다.

당신의 '다녀올-'과 '-게' 사이에는 미묘한 리듬이 있었다. 아침에 우연히 들었던 노래가 오전 내내 입에 달라붙어 있듯 네 글자밖에 안 되는 작은 말의 멜로디가 온종일 머릿속에서 맴돌았었다.

'다녀올게'라는 말은 참 예쁘다. 그리고 그 말을 당신은 참 예쁘게 했었다.

그 여름의 향

풀냄새가 났다.

어디선가 풀이 베이나 보다.

무언가가 떠나며 남기는 향은 이토록 진하게 퍼진다.

당신이 남긴 향도 그랬다.

몇 번의 계절에 나를 헹구어도 쉽게 빠지지 않았었다.

이 도시의 색

얼마 전 극장에 가 영화를 봤다. 당신과 자주 가던 극장은 차마 가지 못하고 처음 가보는 극장으로 갔다. 표를 사고 자리에 앉기까지 모든 것이 새삼스레 낯설었다. 극장 특유의 소란스러움과 영화가 시작되기 전까지의 적당히 어두운 조명, 그리고 푹신한 의자까지.

몇 번을 그냥 나갈까 고민했다. 이러다 눈물이 나올 것 같았고, 밝은 영화를 보고 나 혼자 울고 있으면 사람들이 이상하게 볼 것 같았다. 당신과 함께 가던 극장만 아니면 될 줄 알았지만 공간이 주는 감각들은 끊임없이 당신을 떠올리게 했다. 영화가 끝나고 동시에 일어서는 사람들 사이에서 쉽게 일어날 수 없었다. 당신과 나는 영화가 끝나면 좀 더 앉아서 영화는 어땠는지, 이제 무얼 먹으러 갈 건지 그런 이야기를 하곤 했었다. 애꿎은 영화표만 만지작거리다가 엔딩 크레딧이 다 올라가고 나서야 일어날 수 있었다. 덕분에 있는지도 몰랐던 쿠키 영상을 놓치지 않게 됐다.

집으로 돌아가는 길은 극장과 너무도 달랐다. 사람들의 웃음소리도, 화려하던 조명도 모두 사라지고 침묵과 어둠만이 가득했다. 이 도시는 당신을 만나기 전으로 돌아가 있었다. 바짝 엎드려 숨을 죽이고 있어 마치 나 혼자만 있는, 그래서 오히려 더 나만 없는 듯한 느낌을 주는 곳.

'어차피 이곳에서 너는 혼자였어.'

어딜 가든 똑같은 밝기의 조명들이 그렇게 속삭이고 있었다.

이 도시에 나를 어울리게 해준 건 당신이었다.

몇 년을 살면서도 보지 못했던, 고향과는 다른 이 도시만이 가지고 있는 색들을 당신은 나에게 보여주었다. 혼자 걷던 익숙한 길도, 몇 번 가봤던 장소도 마치 처음인 것처럼 회색 도시에 당신은 색을 입혀주었고, 이 도시의 색들로 나는 당신을 사랑하게 되었다. 혼자임을 일깨워주던 이곳에 당신이 숨을 불어넣어 줄 때면 이 도시에 오길 잘했다고, 이곳에서 당신을 만나 다행이라고 생각했었다. 그리고 그럴 때마다 당신과의 사랑이 계속해서 내 하루가 되길 바랐고, 그런 하루가 반복돼 삶이 되길 바랐다.

하지만 지금 이 도시의 색은 당신과 함께 바래버렸다.

당신의 동네를 지나가야 할 때면 혹시라도 당신을 마주칠까 봐 돌아서 지나가야만 했다. 당신을 보고 싶기도 했지만 피하고도 싶었다. 어떻게든 살아가야 할 이 도시를 더 싫어하고 싶지는 않았으니까. 당신의 동네뿐만 아니라 우리가 자주 가던 극장과 카페와 산책로도 갈 수가 없어 가끔은 내가 섬에 살고 있다는 기분이 들곤 했다. 섬, 걸어 지나온 길들은 금세 바다가 되고 오직 서 있는 자리만이 내게 전부인 곳. 때론 사막 같다고도 생각했다. 물기 없는 모래만 밟히고 건조한 바람만이 전부인, 당신과 함께였던 장소를 지나가게 되면 예전의 우리 모습이 신기루처럼 보이는 그런 곳.

다시 낯설어진 도시. 오늘처럼 사람들을 만나고 집에 걸어가는 길이면 잠시나마 사랑했던 이 도시가 또다시 내게 말을 건다. 이곳은 처음부터 네가 있어야 할 곳이 아니었다고.

여긴 아무도 내가 혼자라는 사실을 모른다. 원래 없던 사람처럼.*

당신을 원망하지는 않는다. 당신 덕분에 잠시나마 이 도시만의 색을 알게 되었으니까. 가끔은 고맙기도 하다. 당신이 아니었다면 이곳은 더 숨 막혔을 테니까.

다만 궁금하다. 당신에게도 이 도시의 색이 조금이라도

―

* CHEEZE(치즈), 〈Alone〉, Alone, 2014
이 글은 치즈(CHEEZE)의 〈Alone〉을 듣고 착상을 얻었다. 본문의 '여긴 아무도 내가 혼자인 걸 모른다. 원래 없던 사람처럼'은 해당 곡의 가사에서 변용했다.

달라 보이는지. 그래서 당신에게 예전에 했던 말, 이 도시는 내게 너무 낯설고 외로웠다던 나의 말을 이해하게 됐는지.

지금 당신은 이 도시의 어디를 걷고 있을까.

이런 하루

초인종 소리에 잠을 깬다. 시계를 보니 어느새 열한 시 십 분 전이다. 며칠 전 정수기 회사와 필터를 교체할 날짜를 조율했다. 서비스 매니저분은 평일 오후 시간대를 이야기했고 나는 집에 사람이 없어 평일은 힘들다고, 주말에도 가능한지 물었다. 다행히 주말도 가능했고 그 시간이 토요일 11시였다. 그날 전화를 끊고 옆에 있는 직장동료에게 "혼자사니 이런 것도 불편하네요."라고 웃으며 말하자 그분도 웃으시면서 말했다.

"혼자 사는 집에 정수기가 있는 게 더 웃겨."

집에 딱히 마실 게 없다. 잠시 차에 다녀오겠다며 정수기 필터를 교체하러 온 서비스 매니저분께 말씀드리고 편의점으로 향해 음료수 두 개와 도시락 하나를 사 온다. 음료수 하나를 건네 드리고 소파에 걸터앉아 작업이 끝나기만을 기다린다.

'비가 온다고 했는데.'

창밖을 보니 날이 어둡기는 하지만 비는 오지 않는다. 최근 안 좋은 일들이 마치 소낙비처럼 한꺼번에 쏟아졌다. 기분 전환이 필요하다. 얼마 전 친척들을 만난 자리에서 사촌형의 안경을 잠시 빌려 써봤을 때 모두가 어떤 안경을 쓰든 지금 안경보다는 낫겠다고 말했던 일이 떠오른다. 나가서 안경테를 바꾸자. 좀 다른 걸로 써보자.

외출준비를 한 후 전자레인지에 데운 도시락을 먹고 소파에 잠시 앉으니 피로가 몰려온다. 잠을 제대로 못 잔 지 꽤 됐다. 평일에는 출근이라는 압박 때문에 어떻게든 잠을 자보려고 노력하지만 금요일이나 토요일 밤이 되면 쉽게 잠이 오지 않는다. 자려고 눈을 감으면 눈부신 날들이 다가와 불을 끈 방 안이 오히려 밝아지는 기분이 든다. 어제는 너와 나란히 앉아 도시락통에 싸 온 과일을 같이 먹던 모습이 떠올랐다.

'나가지 말까?'

잠깐 고민을 하다 이러다간 주말 하루가 그냥 흘러갈 것 같아 애써 몸을 일으킨다.

이런저런 안경테를 골라본다. 여러 종류의 안경테를 써보고 몇 년째 쓰고 있는 뿔테도 써본다. 마지막까지 고민한 안경테는 얇은 티타늄 안경테와 기존에 쓰던 것과 비슷한 뿔테다. 디자인은 티타늄 안경테가 더 예뻐 보이지만 막상 써보면 뿔테가 더 잘 어울린다.

"뿔테가 더 나아 보이는 게 제가 오랫동안 뿔테를 써 와서 그런 걸까요?"

앞에 있던 안경사님께 여쭤보자 그럴 수도 있겠다며 웃으신다. 바뀌려고, 바꿔보려고 다른 안경을 껴봐도 결국 비슷한 뿔테를 고른다. 어쩜 이렇게 똑같은지, 달라지는 일은 참 힘들다.

순간 안경 쓴 너를 처음 보던 날이 생각난다. 쑥스럽다며 내게 얼굴을 제대로 보여주지 않으려 했던 너. 또 주위가 밝아지는 느낌이 든다.

안경이 완성될 때까지 시간이 필요하다고 해 주위를 잠시 구경하다 백화점 지하에 있는 서점에 들른다. 여러 책을 구경하다 이병률 시인의 산문집이 눈에 들어와 책을 집어 들고 몇 장 넘겨본다.

'내가 생각하는 사랑이 그래요. 한 사람의 것만으론 이어 붙일 수 없는 것. 한 사람의 것만으론 아무것도 아닌 게 되는 것.'[*]

안경이 다 되었다는 연락을 받으며 그 책을 사기로 한다.

도수가 높을수록 오히려 눈에 힘이 많이 들어가 피곤하다고, 큰 불편함이 없다면 책을 읽는 생활을 주로 하는 내게는 낮은 도수가 좀 더 편할 거라며 안경사님은 렌즈의 도수를

—

[*] 이병률, 『끌림』, 달, 2005

한 단계 낮췄다고 하신다. 큰 불편함이 없다면 오히려 조금 낮춰야 편한 거구나. 눈을 감을수록 오히려 눈부신 날들의 조도가 조금은 낮았다면 잠을 좀 더 편히 잘 수 있었을까?

마지막으로 저녁에 먹을 반찬들을 사 본다. 네 팩에 만 원. 조금 전까지만 하더라도 제값을 하던 것들이 시간이 조금밖에 남지 않았다는 이유로 서로 묶여 낮은 가격이 되어 있다. 시간이란 이렇게 대상을 바꾸어 놓는다. 어쩌면 그날들도 그저 평범한 날이었을지도 모른다. 맞다. 나란히 앉아 과일을 먹던 곳은 나무 그늘이었고, 안경 쓴 너를 본 날은 아직 봄이 오기 전이었으므로 그렇게 밝았을 리가 없다. 시간이 다 바꾸어 놓은 거다.

주차장에서 차를 끌고 나오니 비가 내리고 있다. 비가 내리는 거리는 어둡다.

밥을 덥혀 먹는다. 어딘가 익숙한 장면이다. 기분 전환이 필요하다. 입욕제를 풀고 욕조에 몸을 담가 보지만 딱히 달라진 건 없다. 이런 하루를 '살았다'라고 표현해야 할까, 아니면 '견뎌냈다'라고 표현해야 할까. 아직 끝나지 않은 하루에 어울리는 단어를 골라본다. 월요일에는 다시 출근해야 하니 오늘 밤만 잠을 설치면 내일은 일찍 잠을 잘 수 있을 거다.

소파에 걸터앉아 여전히 내리고 있는 빗줄기를 바라본다. 순간 주위가 다시 밝아지는 것 같아 시선을 거두며 이건 전부 시간 탓이라고 조용히 내뱉는다.

테이블에 있던 노트를 펼쳐본다. 이것이 오늘의 마지막 일. 이런 이야기도 글이 될 수 있을까? 노트 상단에 날짜를 적고 첫 문장을 적는다.

'초인종 소리에 잠을 깬다.'

당신이 두고 간 시선

요즘 들어 내 눈에 밟히는 건 당신이 두고 간 시선이다.

핸드폰 속 당신의 흔적은 이미 지운 지 오래지만, 며칠 전 오랜만에 앨범 속 사진들을 무심코 내려보니 당신이 내 핸드폰으로 나를 찍어준 영상이 보였다. 영상 속에서 나는 카페 안을 구경하느라 이리저리 움직이고 있었고 그에 맞춰 화면도 함께 움직이고 있었다. 그런 영상이 몇 개 더 있었다. 아마도 당신이 아닌 내가 나오는 영상이라 관심 있게 보지 않았던 모양이다.

잔디 위에서 당신 곁에 앉아 있는 나를 가까이서, 바닷가에서 노을을 찍고 있는 나를 먼발치에서 당신은 영상으로 담고 있었다. 당신을 보며 해맑게 웃다가도 카메라를 의식하기 시작하면 어색해지는 내가 그 안에 있었다.

영상 속 화면이 종종 흔들린다. 아마 당신은 눈을 들어 나를 바라봤으리라. 나를 바라봐 주던 당신의 눈을 떠올려 본다.

영상에는 당신의 웃음소리도 작게 담겨 있다. 아마 나와 눈이 마주쳤으리라. 나를 보고 웃음 짓던 당신의 입술을 떠올려 본다.

나를 지켜보았을 보았을 당신의 시선을 영상 너머로 그려본다. 이렇게 어떤 사람은 시간이 지나면 시선으로 남겨진다.

버스에 탄 당신을 배웅하고 있는 나를 바라보던 당신이 희미한 표정을 지으며 창 너머의 내 모습을 찍은 날도 있었다. 그 사진을 나는 보지 못했다. 그날은 우리가 헤어지던 날이었으니까. 사진 속 내 웃음은 자연스럽지 않았을 텐데.

당신이 그 사진을 아직도 가지고 있을지는 모르겠다. 어쩌면 나처럼 이미 지웠을지도. 하지만 당신의 앨범 속 다른 사진들 틈에 내가 찍어준 당신의 사진이 아직 남아 있어 사진 너머의 내 시선을 떠올리는 당신의 하루를 상상해 본다.

시간이 꽤 지난 지금 당신이 없는 영상 속에서 당신의 모습을 떠올리다 끝내 이런 글을 남기고 있는 나처럼, 당신도 나를 떠올리다 당신만의 방식으로 나를 남기고 있다면 그건 우리에게 남은 행복일까? 아니면 아직 사라지지 않은 잔향 같은 슬픔일까? 당신이 찍어준 내 모습들을 삭제하지는 않았다. 그 이유가 사진과 영상 속의 나를 지울 수 없어서인지 나를 찍어주던 당신을 지울 수 없어서인지는 모르겠지만, 다만 언젠가 다시 앨범을 뒤적이다 당신의 시선과 마주치지 않도록 별도의 폴더에 모아두었다.

오랫동안 전해오던

그 사소함으로

우리가 헤어지고도 시간이 꽤 지난 후 당신이 여전히 제 블로그에 한 번씩 방문한다는 사실을 알게 되었습니다. 그때만 해도 블로그에 방문한 이의 아이디를 확인할 수 있었고 낯선 아이디들 속에 눈에 익은 아이디가 있었으니까요.

그 당시 저는 좋아하는 가사나 책의 구절에 대한 감상을 블로그에 올리곤 했었지만, 당신의 방문을 확인한 후에는 가사의 일부 구절에 살을 붙인 하나의 이야기를 새로 만들어 블로그에 올려보았습니다. 얼마 후 당신은 다시 찾아와 주었습니다. 남들은 몰랐겠지만 당신은 눈치챘겠죠. 그 글 속의 이야기가 우리의 이야기라는 것을. 저는 또다시 가사 에 우리의 옛 추억을 넣어 만든 이야기를 블로그에 올렸습 니다. 그리고 당신의 방문을 확인하면 다음 글을, 또 그다음 글을…. 그렇게 저의 글쓰기가 시작됐습니다.

떠난 당신이 돌아오기를 바라는 마음으로 후회와 그리움 을 담아 쓴 그 글들은 당신에게 다시 쓰는 편지였습니다. 저 는 당신에게 자주 편지를 써주곤 했었죠. 못난 글씨에 특별 한 것 없는 내용이었지만 당신은 늘 제 편지를 반겨주었고 편지가 뜸해지면 재촉하기도 했었습니다. 그때의 편지에는 한동안 당신 눈도 제대로 바라보지 못하던 저와 세상을 향 한 순한 시선으로 저까지 감싸주던 당신이 있었습니다. 하 지만 다시 쓰는 편지 속에는 전혀 다른 우리가 있었습니다. 위로의 말에도 가시 돋친 대답만 늘어놓는 저와 그런 저를 안아주느라 가시 자국이 많이 나 있던 당신이 그려져 있었 죠. 글을 쓸수록 설득당하는 쪽은 저였습니다. 당신에게 남 겼던 가시들이 뒤늦게 저에게 돌아와 박혔고 그럴 때마다 저를 떠나기로 한 당신의 선택이 옳았다는 걸 인정할 수밖에 없었습니다. 참 어리석죠? 당신과 하나였을 때는 몰랐던 것들을 헤어지고 한참이 지난 후에야 알아가다니.

해가 바뀌고 당신의 방문은 오히려 더 뜸해지던 어느 날, 방문한 이의 아이디를 확인하는 기능이 없어질 예정이라는 공지가 블로그에 올라왔습니다. 공지를 확인하는 순간 당신으로 이어지는 마지막 선마저 끊기는 기분이 들더군요. 업데이트 전날, 새로운 글을 올리고 당신의 방문을 확인하기 위해 온종일 방문자 목록을 살폈습니다. 그리고 그날 저녁 당신의 아이디가 보였고 그것이 제가 확인한 당신의 마지막 방문이었습니다. 수취인 불명. 수신인을 잃어버린 저는 우리의 사랑을 복기할 마음도 서서히 잃어 갔습니다. 다시 예전처럼 가사나 책에 대한 감상을 쓸 생각도 없어 결국 아무런 글을 쓰지 않게 되었습니다.

글을 쓰지 않던 날들을 책을 읽으며 문장들을 필사하는 시간으로 채웠고 그 시간 동안 좋은 문장을 많이 만날 수 있었습니다. 그 문장들은 종종 저를 이끌어 제 안의 깊은 곳을 살피게 하고 때로는 시선을 바깥으로 돌려 제가 놓인 세상과 곁에 있는 사람들을 바라보게 했습니다. 그리고 그동안 제가 써온 글들을 되돌아보게끔 해주었습니다. 용기를 내어 다시 읽어 본 저의 글들은 당신을 되돌리기에만 급급해 대부분 그리움에 삼켜져 있었습니다. 하지만 무엇보다도 그리움이 삼킨 문장 속에서 당신과 내게 어울려 있던 단어가 달랐다는 사실이 저를 고개 숙이게 했습니다.

미안함, 양보, 자존심, 배려, 자격지심, 미움, 가능성, 차가움, 따스함, 용서, 원망, 믿음, 무심, 응원, 다정, 친절, 섬세, 침묵, 유치함, 용기, 감정적, 감사, 예민.

사랑을 위해 필요하고 또 필요하지 않은 단어들 사이에서 어떤 단어가 저의 것이고, 어떤 단어가 당신의 것인지는 분명했습니다. 무엇보다 당신의 단어들은 너무나 당연해서 쉽게 잃어버리곤 하는 사소함으로 이루어져 있더군요. 어렸다고 하기에는 적지 않은 나이의 저는 알지 못했지만, 저보다 어렸던 그래서 더 여렸던 당신은 이미 잘 알고 있었습니다. 그 사소함들이 사랑을 지탱해 준다는 사실을.

그 이후 한동안 끝까지 외면하고 싶어 차마 글로 쓰지 않은 저의 모습과 제가 놓쳐 문장에 담지 못한 당신의 사소함을 떠올려 보았습니다. 그 끝에서 저는 다시 펜을 잡았고 남아 있는 우리의 이야기를 마저 쓰기 시작했습니다. 이제 당신이 보지 않는다 해도 괜찮았습니다. 그 글들은 저를 향한 글쓰기였으니까요.

　오랜 시간이 지났습니다. 그 사이 몇 번의 사랑을 하였고 여전히 제게 부족한 점들로 인해 헤어짐도 반복되었습니다. 하지만 당신이 남기고 간 그 사소함 덕분에 사랑을 지탱하기 위해서 무엇이 필요한지 안 채로 사랑했고 덜 후회하는 사랑을 할 수 있었습니다. 그리고 이제는 세상과 저 자신을 바라보는 글을 쓰고 있습니다. 이제 와 생각해 보면 그때의 제 글쓰기는 이미 끝나버린 우리를 인정하지 못하고 소화하지 못한 감정들을 끊임없이 게워 내고 되새기는 행위였습니다. 되새김질의 글이었기에 글이 밖으로 향하지 못하고 제 안에서만 머물러 있던 날들이었습니다.

　앞으로 저는 또 사랑을 하며 살아가겠죠. 그때마다 당신이 남긴, 오랫동안 전해 오던 그 사소함으로* 사랑하여 당신의 단어들을 제 것으로 더 만들어 가겠습니다. 제가 변할 수 있게, 저에게 많은 것을 남겨 주고 간 당신에게 고맙다는 말을 멀리서 조용히 보내봅니다. 언제 어디서든 안녕(安寧)하기를 바랍니다.

---

* 황동규, 「즐거운 편지」, 『어떤 개인 날』, 중앙문화사, 1961

•

　글쓰기 모임에서 '지난 사랑이 남긴 사소함'을 주제로 글을 쓰게 되어 오랜만에 당신에 대한 글을 쓰고 있습니다. 당신에 관한 글은 더 이상 쓸 수 없을 줄 알았지만 주제를 듣자 바로 떠오른 사람은 당신이었습니다. 다른 이야기를 써볼지 고민도 해봤지만 먼저 떠오른 걸 나중의 것이 이길 수 없다는 사실을 잘 알고 있어 결국 당신이 남긴 사소함을 쓰기로 했습니다. 그리하여 아주 오랜만에 깊은 바닷속에 잠긴 불상 같은 당신을 다시금 수면 위로 올려보았습니다.

　예전에도 쉽지는 않았지만 몇 년 만에 당신에 대한 글을 쓰려고 하니, 당신에 대해 많은 글을 썼던 순간이 신기할 만큼, 글을 쓰기가 어려웠습니다. 더구나 한참을 쓰다 보니 어느새 당신이 남긴 사소함보다 과거에 썼던 수십 편의 글처럼 당신을 향한 미안함이 중심을 이루고 있더군요. 많은 문장을 드러내고 또 드러냈지만 이미 남은 문장에 미안함의 감정이 짙게 물들어 있었습니다. 몇 번을 고치자 이번엔 '당신'이 아니라 '당신을 대하는 나'에 대한 글이 돼버렸습니다. 끝내 이번 글쓰기는 실패하고 말았습니다. 다만 이번 글쓰기가 어려웠던 이유는 당신을 향한 제 감정이 더 이상 사랑이 아닌 것처럼 예전같이 그리움에 눌려 있어서가 아니었습니다. 당신이 떠나며 제게 무언가를 남겨 주었다는 사실을 소중히 다루고 싶은 마음 때문이었습니다.

　어떤 말로 끝내야 할지 몰라 그 많은 사소함을 남겨 준, 글쓰기의 첫 동기가 되어준 당신에게 고맙다는 말로 마무리하였습니다. 당신에 관한 글을 다시 또 쓸 수 있을지 알 수는 없지만 이제 글을 다 썼으니 당신을 다시 깊은 바닷속으로 내려보내겠습니다.

유예

　하나, 둘 – 밤하늘에 두 개의 별똥별이 밝게 빛나는 선을 굿고 있었습니다. 한순간에 나타난 별똥별에 소원을 빌지 못한 내게 당신은 오 분 안에 소원을 빌면 괜찮다는 이야기를 들려주었죠. 오 분? 생각보다 긴 시간이 의아했지만 밤에 하늘을 올려보고 있는 이의 소원을 들어주는 존재라면 오 분이라는 유예를 처음 만든 사람의 마음도 헤아려 줄 것 같았습니다. 머뭇거리는 나를 보며 처음 들어봤냐며 어서 소원부터 빌어보라고, 당신은 웃으며 재촉했습니다. 그렇게 당신 덕분에 뒤늦게나마 소원을 빌 수 있었고 그 소원은 다행히도 이루어졌었습니다.

당신이 들려준 그 이야기는 그 후로 다시 들어보지 못했습니다. 다만 별똥별이 떨어진다는 소식이 들릴 때면 당신이 선물해 준 그 오 분이 내 안에서 밝은 선을 그으며 빛나고 있습니다.

그때 우리가 몰랐던 건

'잘 알아서 받아들임.'

'이해'의 사전적 정의다. 머리로 알고 마음으로 받아들이는 행위, 이해. 어쩌면 그때 우리가 '사랑해'보다 더 많이 한 말은 '이해해'였던 것 같다. 다만 서로의 마음을 잘 알고 받아들여 하는 말은 아니었다. 우리는 '이해해'를 평서형으로 말하며 여전히 남아 있는 서운함을 드러내거나, 의문형으로 말하며 상대에게 상처를 주는 무기로 사용했고, 때로는 부정형으로 표현해 자신을 방어하기 위한 방패로 삼기도 하였다.

잘 안다는 건 어느 정도를 의미할까. 잘 알면서도 받아들이지 못하는 내 모습도 한가득이면서 당신의 눈빛, 당신의 말투, 당신의 버릇을 더 알았다 한들 나는 당신을 온전히 이해할 수 있었을까? 그때 우리가 몰랐던 건 서로가 아니라 '이해'였다. 잘 안다는 건 고작 이해의 절반일 뿐인데도 우린 서로의 눈빛과 말투와 버릇만을 알려고 했고 이를 받아들여 자기 안에 고이 넣으려 노력하지는 않았었다.

서로의 존재를 몰랐던 시간 동안 각자의 방식으로 굳어진 한 세계가 다른 세계를 꺼안는다는 건 쉽지 않은 행위이다. '이해'의 '해(解)'가 소의 뿔을 칼로 자르는 모습을 가지고 있듯 그 포옹은 살을 에는 고통을 수반하기도 한다. 그때의 난 당신을 더 꺼안지 못했다. 마치 목에 걸릴까 봐 알약을 삼키지 못하는 아이처럼 당신을 삼키지 못하고 입안에 두기만 했다. 사랑한다면서도 꿀꺽 삼키지 못한 채 혀끝에 전해지는 당신이 쓰다고만 생각했었다. 그때 우리가 서로를 조금 더 끌어안았다면, 서로를 꿀꺽 삼켰었다면 서로 다른 세계가 하나가 되어 두 개의 하늘과 두 개의 바다가 마주 보는 풍경을 볼 수 있었을 것이다.

　이해를 조금씩 알아가고 있는 지금도 여전히 이해는 뿔을 자르듯 나를 아프게 한다. 하지만 상대를 찌르지 않은 채 다가가게 해주는 것 역시 이해였다. 잘라도 계속해서 자라는 소의 뿔처럼 누군가에 대한 온전한 이해는 불가능하다. 결국 자신의 뿔을 지속해서 자르며 상대를 받아들이는 과정의 지속으로 이해는 완성된다. 그래서 나에게 '사랑한다'보다 더 어려운 말은 '이해한다'라는 말이다. 앞으로 누군가를 또 사랑하게 된다면 '당신을 사랑한다'라는 말 대신 '당신을 이해하고 싶다'는 말로 고백을 대신하고 싶다.

저것은 달처럼 크다

때론 너무 멀리 떨어져 작게만 보이는 것이 있다.

내게는 사랑이 그렇다. 멀리 있어서 한 손에 넣을 수 있을 거로 생각하지만 다가가면 다가갈수록 점점 커지는 크기에 결국 두 손으로도 쉽게 담을 수 없음을 알게 된다. 오히려 커다란 크기에 황홀해져 어쩔 줄 몰라 하거나 때로는 그 크기에 압도되어 내가 어떻게 할 수 없다는 무력감에 멋대로 행동할 때가 더 많았다.

그러다 보면 어느새 사랑으로부터 멀어져 있었고 다시 작게만 보이는 사랑을 지켜보며 혹시 또 손에 닿을 수만 있다면 그때는 소중히 보듬고 싶다는 생각에 빠진다. 계속되는 착각. 이제는 사랑이 두렵기도 하다. 그 커다람 앞에 설 때면 차분해야 한다고 스스로 다독여보지만 또다시 나는 사랑 앞에 처음 서 본 사람처럼 행동하곤 한다.

이른 밤 산책을 하다 하늘에 떠 있는 달을 본다. 너무 멀리 있어 손톱보다 작아 보이는 저 달이 넓은 바다를 밀어내고 당겨낸다. 수많은 파도를 일으켜 부서지게 한다. 결코 작지 않다.

이제는 사랑의 크기를 잊지 않으려 한다. 그리하여 다시 사랑 앞에 걸어가는 일이 생긴다면 다가갈수록 작아지는 나를 인지하고 또 겸허해지리라. '저것은 달처럼 크다. 저것은 달처럼 크다'라고 읊조리며.

이번 겨울

당신의 첫 문장

오늘은 내가 따뜻한 자리에서 자기를 바란다는 말을 당신이 건넨 그날, 나는 당신의 머리맡에서 잠을 청하는 꿈을 꾸었습니다.

집으로 향하는 모두의 발걸음이 빨라지는 요즘 저는 당신의 뒷모습을 훔치고 싶어 몇 걸음을 더디게 걸었고, 지나가는 우리의 이야기에 매듭을 엮어 이번 겨울을 지내는 당신의 첫 문장이 되고 싶었습니다.

시간에 낡아지지 않기를

　좋은 글을 읽다 보면 책을 덮고 글을 쓰고 싶어질 때가 있다. 오늘이 바로 그런 밤이다. 하지만 방금 읽은 글은 사랑과 이별을 다룬 글, 나의 사랑에 대해서는 잘 쓰지 않은 지 오래다. 더구나 슬픔의 감정이라면 더더욱. 한때 사랑의 슬픔은 내 글쓰기의 원동력이었기에 오래된 글들을 보면 대부분 슬픔이라는 사랑의 한 단면만을 다루고 있었다. 반면 다른 단면들은 완성되지 못한 채 노트 속에 거친 문장들로 남겨져 있는 경우가 많았다. 결국 시간에 낡아질 감정인 것을, 그때는 무엇이 그리 슬퍼 보채듯이 쓰고 또 썼었는지.

　나의 사랑 이야기를 글로 쓰지 않은 시기에도 사랑과 이

별은 있었다. 글로 쓰지 않았을 뿐 사랑이 아니었던 것은 아니다. 그런데도 슬픔에 허우적거릴 때마다 항상 글을 썼었던 나를 떠올려 보면 그 사랑들이 그리 슬프지 않았나 보다 (라고 문장을 쓰니 마음 한편이 아려온다. 슬픔에 무뎌졌다고 표현하자).

사랑이 없던 시기에는 여행이 그 빈자리를 채워주었다. 혼자라서 오는 외로움보다 자신을 스스로 혼자 두어 맞는 외로움이 나았다. 고향인 전주가 있는 전라도나 새로 터를 잡은 대전이 있는 충청도를 여기저기 돌아다니며 외로움에 젖은 감정을 여행지에서 맞는 바람에 말리곤 했다.

전주의 동물원은 시간이 멈춰있어요.
공주의 제민천은 냇물이 속삭이며 흘러요.
고창의 읍성은 돌을 머리에 이고 돌면 소원이 이루어진대요.
부여는 모든 게 연꽃처럼 낮은 곳, 김제는 하늘과 땅이 맞닿는 곳. 그곳에서 우리도….

또 어떤 시간은 책으로 채웠다. 오랫동안 마음에 남을 구절을 발견하면 해가 지는 오후나 깊은 밤에도 외롭지 않았다. 오히려 환희와 절망, 선망과 질투에 휩싸여 외로움은 금방 다른 감정으로 변하곤 하였다.

박준의 글은 온통 슬퍼요.

최은영의 시선은 늘 낮은 곳에 있어요.

피천득의 삶은 작고 아름다운 것으로 둘러싸여 있어요.

신경숙은 자신을 변주해 세상을 만드는 글, 한강은 자꾸만 잊히는 시간을 되살리는 글. 그들처럼 우리도….

다시 나의 사랑에 대해 글을 쓰게 된다면 내 옆을 지켜주던 존재들과 함께 그동안 잘 이야기하지 않았던 사랑의 단면을 말하고 싶다. 한없이 무겁고 가슴 두드리게 만드는 것이 사랑이라면 조금은 유치하고 간지러운 것도 사랑일 테니까. 그때까지 나의 온 감정이 슬픔처럼 무디어지지 않기를, 시간에 낡아지지 않기를 바란다.

닫는 글

조용히

안녕

•

내 조그마한 삶에서 읽기와 쓰기는 오랫동안 큰 부분을 차지하고 있다. 이 두 가지가 내 삶과 가까워서, 이 두 가지의 아름다움을 알 수 있어서 참 다행이다.

무언가를 읽는 건 쉽지 않았지만 생각을 정리하고, 단어를 고르고, 문장을 다듬어 한 편의 글로 써 내려가는 건 더 어려웠다. 그래도 퇴고까지 마무리한 글을 블로그에 올린 후 서재를 나설 때면 나의 하루가 완성되는 듯했고, 글을 완성하지 못하더라도 서재에 앉아 스탠드를 켜고 느린 음악을 틀어놓은 채 연필이나 만년필의 사각거리는 소리를 들을 때면 큰 위로를 받곤 했다.

한때 읽고 쓰는 삶이 나를 구원해 줄 거라는 믿음을 가졌었다. 읽고 쓰는 행위의 무엇이 나를 구원해 주는지, 무엇으로부터 나를 구원해 주는지, '구원'이라는 단어가 애초에 이 두 행위와 어울리는 말인지는 잘 알지 못하면서도 그렇게 믿던 시절이 있었다. 지금은 그저 책이 좋아서, 그 안에 담겨 있는 문장과 그 문장이 안고 있는 시선이 좋아서 책을 읽는다. 글쓰기 또한 내 상념을 표현하거나 스쳐 가는 시간 속에서 의미 있는 순간을 일부나마 포착하고 싶어 쓸 뿐이다.

다만 읽고 쓰는 문장만으로는 어찌할 수 없는 삶의 무게 앞에서 수없이 무너지는 순간들이 여전히 나를 힘들게 한다. 책을 읽으며 문장에 밑줄을 긋거나 순간을 붙잡아 문장을 쓰는 시간보다 이 도저한 삶에서 어떻게 그런 문장들로만 살아갈 수 있냐며 따지는 날들이 더 많았다. 좋은 문장을 받아들이기는커녕 질투에 사로잡히거나 절망에 빠지고 차마 글로 옮기지 못할 순간과 상념은 들키지 않으려 애쓴 날들이 그러했다. 어떨 때는 앞으로도 읽고 쓰는 문장들에 거짓말을 할 것 같은 불안감과 내가 읽고 쓰는 시간이 어쩌면 위선의 순간일지도 모른다는 자괴감에 책을 읽지 않거나 글을 쓰지 않았다. 그러다가도 읽고 쓰고 싶은 마음이 슬며시 들면 집에 가는 걸음을 스스로 재촉하곤 하였다.

문장 앞에서 나는 얼마나 더 무너지게 될까? 언제쯤 무너지지 않는 하루를 살 수 있을지. 오래전에 믿고 있었던 구원이 이런 것이었을까? 여전히 알 수 없는 믿음이다. 차마 더 큰 용기를 내지 못해 이렇게 부끄러운 절반의 고백을 써 놓을 뿐이다.

내가 쓴 글들은 대부분 이렇게 써온 글이다. 그래서 나는 내 글 앞에서조차 고개를 숙일 때가 많다. 다만 글을 쓰던 순간만큼은 진심이었으니 내 글들에는 잘못이 없다고 말하고 싶다. 쓰는 사람을 담는 그릇이 글이라면 조금 전의 문장조차 모순이겠지만 내 글들이 누군가에게 읽힐 때만큼은 나처럼 고개를 숙이지 않았으면 좋겠다.

..

　퇴고를 마친 원고를 손에 집어 보았다. 손에 잡힌 원고 뭉치가 스르르 뒤로 넘어갔고 뒤섞인 나의 지난날들이 그 안에 있었다. 글을 쓰며 위로받던 시절, 나는 나의 글에 많은 빚을 졌다.

　책장에서 따로 놓여 있는 책도 꺼내 보았다. 몇 년 전 한 지역 서점의 책 만들기 프로그램에 참여해 만든, 세상에 단 한 권뿐인 내 책이다. 항상 파일로 존재하거나 블로그 화면으로만 보던 나의 글들이 한데 모여 책으로 있는 모습을 처음 봤을 때, 어쩌면 그동안 글들이 진정으로 있고 싶어 한 곳은 여기일 수도 있겠다는 생각이 들었었다. 글을 쓰고 싶어 써온 건 나의 마음이었고 글을 완성했으니 그걸로 충분했다. 그렇다면 나로 인해 세상에 나온 글들에도 누군가에게 읽히고 싶은 마음이 있지 않았을까? 몇 안 되는 사람일지라도 읽히고 싶은 마음, 그것이 글이 원하는 삶 같았다.

그로부터 2년이 지났다. 이제야 겨우 온전한 집 한 채를 마련해주어 오랫동안 져온 빚을 갚은 기분이다. 당연하게도 그 집은 혼자 지을 수 없었다. 나의 퇴고를 기다려주고 끊임없이 용기를 북돋아 준 오케이 슬로울리의 다혜 님께 감사의 인사를 전한다. 다혜 님 덕분에 멋진 집이 설계될 수 있었다. 책 이야기를 처음 꺼냈을 때 기다려왔다는 듯 반겨준 그 미소를 오래 가져가려 한다.

무엇보다 내 삶의 아름다운 순간을 채워준 모든 이와 그 순간을 읽어줄 누군가에게 멀리서 조용히 안녕(安寧)을 보내고 싶다.

나는 안녕하다고, 당신도 안녕하기를 바란다고.

2024년, 겨울을 기다리며

임성현

바다에는 하얗고 까만 새들이

ⓒ임성현 2024

초판 1쇄 발행 | 2024년 11월 25일

지은이 | 임성현

편집 | 양다혜
펴낸곳 | 오케이 슬로울리
펴낸이 | 양다혜
출판등록 | 2022년 8월 18일 제 2022-000027호
주소 | 대전광역시 유성구 유성대로 828번길 52 1층 4호

이메일 | okayslowly@naver.com
홈페이지 | okayslowly.kr
인스타그램 | @okay.slowly
문의전화 | 0507-0177-6903

ISBN | 979-11-981793-1-9 03810

〻 이 책의 판권은 지은이와 오케이 슬로울리에 있습니다.
〻 이 책 내용의 전부 또는 일부 내용을 재사용하려면 반드시 저작권자의 동의를 받아야 합니다.
〻 인쇄, 제작 및 유통상의 파본 도서는 구입하신 곳에서 바꿔드립니다.